KB102005

톱스타
이건우

톱스타 이건우 3

크레도 장편소설

초판 1쇄 찍은 날 § 2017년 10월 20일
초판 1쇄 펴낸 날 § 2017년 10월 27일

지은이 § 크레도
펴낸이 § 서경석

총괄편집 § 최하나
편집책임 § 이선근
편집 § 김슬기

펴낸곳 § 도서출판 청어람
등록번호 § 제387-1999-000006호
등록일자 § 1999. 5. 31
어람번호 § 제1-2782호

주소 § 경기도 부천시 부일로 483번길 40 서경B/D 3F (우) 14640
전화 § 032-656-4452 팩스 § 032-656-4453
http://www.chungeoram.com
E-mail § chungeorambook@daum.net

ⓒ 크레도, 2017

ISBN 979-11-04-91492-8 04810
ISBN 979-11-04-91462-1 (세트)

톱스타 이건우

크레도 장편소설
FUSION FANTASTIC STORY

3

도서출판 청람

톱스타
이건우

Contents

1. 바쁜 가왕

대상을 타지 못했지만 건우의 이미지는 오히려 향상되었
다.

　건우의 수상 소감 동영상이 따로 올라와 많은 조회 수를
기록할 정도였다.

　대상을 타지 못한 것을 전혀 신경 쓰지 않고 오히려 진심으
로 기뻐하는 모습, 그리고 마지막에 어머니에게 감사의 말을
전하는 모습은 많은 이들의 눈시울을 붉히게 했다. 물론, 건우
가 의도한 바는 아니었지만 그 내면에는 옥선체화신공의 힘이
스며들어 있었다.

영향을 꽤 많이 미쳐 벌써부터 건우의 수상 소감을 코미디 프로에서 패러디하고 있었다.

　이런저런 말들이 많았지만 건우는 딱히 신경 쓰지 않았고 신경 쓸 시간도 없었다.

　연초부터 촘촘히 잡혀 있는 스케줄 때문에 다른 곳에 신경을 쓸 수 없었기 때문이다.

　연초부터 쏟아지는 CF 촬영과 화보 촬영, 그리고 건우의 강력한 요청으로 성사된 YS에서의 교육 스케줄까지 포함해서 쉬는 날이 거의 없을 정도였다.

　건우는 자신의 실력이 부족하다는 것을 잘 알고 있었다.

　무공이 일종의 엄청난 버프 효과를 선사해 줘서 인간을 벗어난 능력을 보이기는 했지만 본연의 실력 역시 높이고 싶었다.

　그래야 옥선체화신공의 위력이 더 증대될 것이고 상승 경지로 가는 길을 더욱 빨리 찾을 수 있을 것 같았다.

　건우의 학습력은 타의 추종을 불허했다. 한 번 들으면 잊어버리지 않았고 이해도도 대단히 높아 막힘없이 술술 진도가 나갔다.

　공부에 대한 열정이 엄청나서 잠을 거의 자지 않고 보낸 날도 많았다.

　게다가 건우는 마스크 싱어의 가왕이었기 때문에 마스크

싱어 제작진과 미팅을 하고 노래 연습을 해야 했다. 드라마 제의가 오고 가는 마당이라 신경 쓰이기는 했지만 어차피 다음 드라마 제작에 참여할 때쯤이면 탈락할 것으로 예상하고 있었기에 큰 문제는 없을 것이라 여겼다.

건우가 그렇게 바쁜 나날을 보내고 있는 와중에 드디어 건우가 출연한 마스크 싱어가 방영되었다.

*   *   *

석준은 건우가 출연한 마스크 싱어를 보기 위해 모처럼 휴게실에 내려왔다.

잠시 일을 하느라 시간이 좀 지나기는 했지만 볼 수 있을 것 같았다.

사옥의 휴게실은 사옥의 규모답게 좋은 편의 시설과 오락거리들이 있었다. 소속 가수나 배우, 그리고 연습생들을 최고의 환경에서 쉬게 하기 위한 배려였다.

석준이 나타나자 쉬고 있던 연습생들이 슬금슬금 달아나기 시작했다.

석준은 그중 키가 작은 연습생 하나를 바라보았다. 본래 데뷔반이었는데 얼마 전부터 연습에 집중을 못 하고 실력이 떨어지기 시작하더니 제일 하위권까지 내려간 연습생이었다.

"미나야."

"네? 네. 대, 대표님."

석준이 미나를 부르자 미나가 몸을 움찔 떨더니 멈추었다. 석준은 누군가 쉴 때 터치하는 스타일은 아니었다. 쉬고 있든 무엇을 하고 있든 결과가 모든 것을 증명해 주니 말이다. 안타깝기는 하지만 그것마저 극복하지 못한다면 데뷔 후 엄청난 압박과 스트레스를 이겨낼 수 없었다.

석준은 연습생들이 자율적으로 자기 관리를 하게 만들고 싶었다.

미나가 조심스럽게 석준의 앞에 다가왔다. 다른 연습생들은 이미 사라진 뒤였다.

미나는 몸집이 작고 귀여운 매력이 있었다. 작년에 성인이 되었지만 실제보다 나이가 훨씬 어려 보여 중학생이나 고등학생으로 보이기까지 했다.

그녀 나름대로는 그것이 콤플렉스였지만 석준이 보기에는 희소성이 있었다. 요즘은 예쁘기만 해서 성공하는 것이 아니었기에 매력적인 장점이었다.

석준이 그녀를 불러 세운 까닭은 그녀의 표정이 심하게 좋지 않았기 때문이다. 눈가에는 다크 서클이 가득했고 머리카락은 푸석푸석했다.

석준은 일단 웃으며 TV를 틀었다. 그러다가 조심스럽게 자신의 옆 의자에 앉은 미나를 바라보았다.

"무슨 일 있니?"

"아, 아뇨."

무슨 일이 있는 것이 분명했다. 석준의 눈을 피해갈 수는 없었다.

어려서부터 석준은 눈치가 남달랐고 안목이 상당히 좋았다. 표정만 봐도 상대가 무슨 생각을 하고 있는지 읽어낼 정도였다.

오죽하면 독심술을 한다는 소문이 나겠는가? 3대 기획사의 대표가 되려면 그 정도 능력은 있어야 했다.

자신감이 넘쳤던 미나는 잔뜩 움츠리고 있었다. 미나의 집안은 유복했고 화목했다.

정기적으로 연습생들의 부모님들과 통화를 하는 석준이었기에 잘 알고 있었다.

'외부적인 일이겠군.'

미나 나이 또래의 고민이라면 연애나 금전적인 부분이었다. 금전적인 부분은 해당이 되지 않으니 아무래도 연애인 것 같았다.

보통 연애를 하는 연습생들은 감정의 기복이 심한 편이었는데 미나가 딱 그러했다. 숨기며 연애를 한다고는 하지만 석준은 대충 짐작하고 있었다.

미나가 입술을 달싹이며 손가락을 꼼지락거렸다. 상당히 불안해 보였다. 석준은 이럴 때는 대답을 요구하는 것보다는 기다려 주는 것이 제일 좋은 방법이라고 생각했다.

[이에 맞서는 하늘 아래 두 개의 태양은 없다! 반짝반짝 황금태양!]

TV에서 성우의 굵직한 음성이 흘러나왔다.

석준과 미나 사이에 어색함이 흘렀다. 미나는 말을 할까 말까 고민하며 자리를 떠나지 못했다. 석준은 미나가 스스로 말을 할 때까지 기다려 주었다.

그때 황금태양의 노래가 흘러나왔다.

석준과 미나가 잘 아는 곡이었다. 슬픈 이별이라는 노래였다.

황금태양의 목소리가 미나의 가슴속에 파고들며 그녀의 마음을 흔들었다.

이별에 관한 이야기였지만 미나는 왜인지 위로를 받았다. 본래 눈물이 많은 편이 아니었지만 황금태양의 노래에 눈물이 맺혔다.

석준은 TV에서 눈을 떼지 못했다.

거의 빨려 들어갈 기세였다. 목소리는 지금까지 들었던 건우의 목소리라고는 생각할 수 없을 정도로 달랐다. 그것이 성대를 억지로 쥐어짜 인위적으로 만든 소리라고 묻는다면 석준은 아니라고 대답할 것이다. 너무나도 자연스럽고 깊었으며 울림이 있었다. 마치 오랜 세월 동안 가다듬은 것 같은 목소리였다.

석준의 입이 벌어졌다.

어이가 없었다.

석준은 건우가 황금태양이라는 것을 알고 있었다. 스포일러이기는 하지만 가왕이 되었다는 것도 건우에게 들었다.

만약 몰랐다면 황금태양이 건우라고는 짐작하지도 못했을 것이다.

건우는 가왕이 될 수밖에 없었다. 가왕이라는 타이틀은 건우만을 위한 것이라고 석준은 생각했다.

수많은 목소리를 듣고 스타를 만들어온 그가 그렇게 느끼고 있었다.

'대박이야!'

소름이 끼쳤다. 그의 사업적인 감이 이건 대박이라고 말하고 있었다.

인연이 있는 PD의 부탁으로 출연시킨 것이지만 이미지 상승을 노린 것도 있었다.

건우의 외모, 연기력에 노래까지 엄청나게 잘한다고 알려진다면 건우의 주가가 다시 가파르게 치솟을 것이 분명했다. 향후 있을 드라마 출연이나 영화, 그리고 CF에까지 큰 영향을 미칠 것이다.

그런데 잘함을 넘어 소름끼치도록, 미치도록 잘하고 있었다.

기술적인 부분은 평범했지만 감정 표현이 너무나도 뛰어났다.

듣고 있노라면 마치 가사 속에 들어온 것 같은 착각이 일어날 정도였다.

게다가 기이하게도 건우가 앞에 있는 것 같은 느낌이 났다. 마스크 싱어의 음향 장비는 수준급이기는 하지만 분명 콘서트에 쓰이는 것보다는 훨씬 떨어졌다.

그런데 이 말도 안 되는 현장감은 무엇이란 말인가?

카메라에 비친 방청객들의 표정이 이해가 되었다.

'건우는 내가 감당할 수 없는 그릇이 아닐까?'

석준은 자신의 역량을 잘 알았다. 건우가 어디까지 갈지 두렵기까지 했다.

건우가 있기에는 한국이라는 무대가 좁아 보였다. 석준은 건우가 자신이 감당할 수 없는 수준이 되면 망설임 없이 놔줄 것을 결심했다.

사업적인 이익을 떠나서 건우가 날개를 마음껏 펼치는 것을 보고 싶었다. 친한 형으로서 말이다.

주르륵!

건우, 그러니까 황금태양의 노래가 끝나자마자 미나의 눈에서 닭똥 같은 눈물이 흘러내렸다. 그러다가 뭐가 그리 서러운지 엉엉 울기 시작했다.

"흐윽, 흐윽. 대, 대표님, 저……."

잠시 망설이던 미나가 고민을 이야기하기 시작했다. 미나의 고민을 듣고 있던 석준의 표정이 이야기가 진행될수록 절로 고개가 끄덕여졌다.

예상한 대로 남녀 간의 문제였다. 석준은 자상한 아빠처럼 상담해 주기 시작했다. 석준은 문득 건우가 이런 일로 상담해 오면 무슨 말을 해줘야 할지 떠올리다가 고개를 설레 저을 수밖에 없었다.

'끼리끼리 만난다는 말이 있기는 한데……'

건우와 어울리는 여자가 있을지도 의문이었다.

*   *   *

가장 많은 관심을 받고 있는 예능 프로!

바로 마스크 싱어였다.

마스크 싱어는 NBC의 일요일 밤을 책임지는 효자 예능 프로였다.

저조한 시청률로 시작했지만 수준 높은 무대가 나오면서 현재 동시간대 1위의 시청률을 보여주고 있었다. 마스크 싱어에서 나온 노래는 음원으로까지 출시되어 음원 차트에 새로운 바람을 불어넣고 있는 중이었다.

최근에 음원 차트를 마스크 싱어의 곡으로 나란히 점령한 인물이 있었다.

바로 24대 가왕 반짝반짝 황금태양이었다.

첫 등장조차 많은 화제를 몰고 왔다. 1라운드의 마지막에 나왔기에 한 곡밖에 부르지 않았지만 네티즌들이 빨리 음원으로 발매해 달라고 아우성이었다.

그러나 진짜 충격은 다음 라운드부터였다.

1라운드 때와는 달리 완전히 바뀐 목소리는 충격적이었다. 그것이 과장되게 들리지 않았고 전혀 어색하지 않았다. 오히려 듣는 이로 하여금 소름이 끼치게 만드는 몰입도를 자랑했다.

멍하니 TV를 바라보다가 곡이 끝날 때 화들짝 놀라며 자신도 모르게 박수를 치게 되는 것이다. 음원으로 출시되자마자 바로 차트를 치고 올라가 순위권을 점령하는 것이 어찌 보면 당연한 것인지도 몰랐다.

황금태양이 방송에 나온 지 하루가 지났지만 마스크 싱어의 영상은 다이버 in TV에서 엄청난 조회 수를 자랑하고 있었다.

같은 IP라도 처음부터 끝까지 전부 다 보게 되면 조회 수로 산정되었는데, 계속 반복해서 보고 듣는 네티즌들이 많았기 때문에 엄청난 속도로 조회 수가 올라가고 있는 것이다.

황금태양이 부른 노래의 원곡까지 덩달아 음원 차트 역주행을 하기 시작했다.

듣는 것만으로도 저절로 감정이입이 되니 그럴 수밖에 없었다. 노래에 특별한 기교나 고음을 보여준 것은 아니었지만 오히려 담담하게 부르면서 곡에 몰입시키는 것이 더 어려웠다.

<황금태양의 정체가 무엇인가?>
<마스크 싱어의 새로운 바람, 황금태양!>
<황금태양은 외국 가수?>

이러한 기사들이 계속해서 나오고 있었다.

황금태양의 정체에 대해 누구도 쉽게 예측하지 못했다.

90년대를 풍미했던 가수라는 소리도 나왔고 해외 가수라는 소리까지 나오고 있었다.

해외 가수를 철저히 훈련시켜 내보냈다는 것이 설득력을 얻고 있었다.

모두 엄청난 내공을 지닌 가수라고 추측하고 있었는데, 황금태양만큼 흰칠하고 좋은 비율을 지닌 중견 가수는 찾아보기 힘들었기 때문이다.

건우는 그런 반응을 살펴보지는 않았다.

워낙 스케줄이 바빠 챙겨볼 시간이 없었다. 게다가 방영된 이후 바로 이틀 뒤에 녹화였기 때문에 더더욱 그러했다. 그래도 반응 같은 것들은 승엽이 꾸준히 봐주고 알려줘서 대충이나마 알고 있었다.

건우는 자살예방 홍보대사로 임명되어 한국 자살방지 교육 협회의 홍보대사 위촉과 감사장을 받고 바로 마스크 싱어를 촬영하기 위해 방송국에 왔다. 이미지를 위한 자리일지도 모르지만 건우는 적어도 홍보대사로 있는 만큼 책임감 있는 활동을 할 생각이었다.

마스크 싱어 녹화를 위해 방송국에 도착했다.

제작진에서 준비한 대우는 예전과는 확연히 달랐다. 하늘과 땅 차이였다.

"가왕께서 입장하십니다."

"VIP 입장!"

건우가 차에서 내리자 무전기를 들고 있던 경호원이 그렇게 말하며 건우가 당도했음을 알렸다.

건우는 황금태양의 마스크에 가왕을 상징하는 왕관을 쓰

고 있었다.

붉은 망토를 두르고 있었는데 건우의 비율이 워낙 완벽해 다소 유치할 수도 있는 복장이 환상적으로 어울렸다.

제작진이 미리 건네준 것이었다.

건우는 레드 카펫을 밟으며 가왕 전용 대기실로 이동했다. 건우 전용 카메라가 건우에게 따라붙었고 덩치가 큰 경호원들이 건우를 호위했다.

마치 무림맹주라도 된 기분이었다.

가왕 전용 대기실에 들어오니 테이블에 온갖 간식들이 놓여 있었고 방 내부는 지나칠 정도로 화려했다. 고급스러운 소품들로 장식을 해놓은 것이었다. 대기실 한가운데에 가왕이 앉을 왕좌가 있었다.

건우 전용 카메라가 구비되어 있었고 대기실에 설치되어 있는 커다란 TV를 통해 무대를 자세히 바라볼 수 있었다.

'좋네.'

방송 촬영이기는 하지만 오랜만에 휴양이라도 온 것 같았다.

관계자만 들어올 수 있어 승엽이를 제외한 외부인은 들어올 수 없었다.

리허설도 보안이 철저한 가운데에 진행되었다. 건우가 보기에 무대 세팅을 전보다 훨씬 더 신경 써주는 느낌이었다. 코러스도 대폭 추가되어 마치 성악단을 연상시켰다.

'준비 기간이 너무 부족했어.'

시간은 2주 정도 있었지만 실제로 연습한 기간은 얼마 되지 않았다.

제대로 불러본 것이 손에 꼽을 정도였다.

건우는 리허설을 마치고 대기실에 들어왔다. 승엽이 전화 통화를 하며 스케줄을 조율하고 있는 것이 보였다. 승엽이 건우가 들어온 것을 눈치채고는 엄지를 치켜들었다. 건우도 피식 웃고는 자리에 앉았다.

카메라가 돌아갈 때는 왕좌에서 리액션을 해주어야 했지만 지금처럼 쉬는 시간에는 자유롭게 행동해도 되었다.

다만 마스크는 가급적이면 벗지 말아달라는 PD의 부탁이 있었다.

전보다 가왕의 정체에 대해 더욱 보안이 강해졌다고 한다. 황금태양이 가진 화제성 때문에 그러한 결정이 내려진 것 같았다.

"안 덥냐?"

"이거 새로 만들어줘서 괜찮아. 의외로 통풍이 잘되네?"

"그래?"

승엽의 말에 건우가 그렇게 답했다. 황금태양 마스크도 새롭게 만들어주었다.

통풍이 꽤 잘되었고 무게도 가벼워 쓰고 있을 만했다. 신기하게도 분리가 가능해서 코 밑으로 붙였다 떼었다 할 수 있었다.

"저번에 찍었던 커피 광고 있잖아? 지금 미튜브에 떴다."

"벌써?"

승엽은 가지고 있는 태블릿 PC를 건우에게 건넸다. 미튜브에서 베스웰 커피를 검색하니 제일 상단에 건우가 찍은 CF가 올라와 있었다. TV뿐만 아니라 이렇게 스트리밍을 제공하는 사이트에도 광고로 붙는다는 말을 들었는데, 직접 보니 신기했다.

아직 새파랗게 젊은 건우가 할 말은 아니었지만 세상이 참 많이 변하긴 변한 것 같았다.

건우가 기억하기로는 약간 오그라드는 광고였다. 대사도 오그라들었고 연출 자체도 그랬다.

그래도 출연료가 상당해서 군말 없이 모든 것을 소화했던 기억이 났다.

건우가 재생을 해보았다.

햇살이 잘 비치는 카페 안에 하늘색 난방을 입은 남자가 소파에 기대어 앉아 있었다.

책을 보던 그는 반갑게 웃으며 책을 덮고 자리에서 일어났다.

[이제 왔어?]

그렇게 말하는 화면 속 건우의 얼굴에 부드러운 미소가 걸렸다. 마치 사랑하는 사람을 바라보는 것처럼 눈빛은 따스했다. 눈에서 하트가 발사될 것만 같은 착각이 일었다.

건우는 화면 속의 자신을 보며 낯설음에 소름이 돋았다. 옥선체화신공을 운용하며 집중하고 있을 때는 잘 느끼지 못했는데 이렇게 보니 자신이 아닌 것 같았다.

저런 부드러운 미소와 분위기가 낯설기도 하고 너무나 오글거리게 느껴졌다. 속으로 '하지 마!' 외치고 있었지만 야속하게도 광고는 거기서 끝이 아니었다.

테이블에 놓인 컵을 들고는 그윽한 눈빛으로 향기를 맡았다.

분명 그림 같은 광경이었지만 건우에게는 손발이 오그라들고 닭살만 돋는 그러한 모습이었다. 승엽도 마찬가지인 듯 못 참겠다는 표정이 되었다.

[너와 마시고 싶어.]

화면 속 건우의 눈이 아름답게 휘어졌다.

[남자의 향기, 베스웰 커피.]

광고는 그렇게 건우가 커피를 마시는 것으로 끝났다.

"으악!"

"악!"

건우와 승엽은 동시에 비명을 내질렀다. 서로를 바라보며 인상을 잔뜩 찡그렸다. 승엽은 이번이 두 번째 보는 것이었지만 여전히 적응이 안 되는 듯했고 건우는 더더욱 그러했다. 자신을 자신이 아니게 만드는, 옥선체화신공의 위력을 다시 한번 깨달을 수 있었다.

남자 버전은 건우가 찍었고 여자 버전은 진희가 촬영했다. 이제 막 공개되었지만 예상외로 조회 수가 대단했다. 촬영 메이킹 필름이 뒤에 나와서 그런지 광고임에도 불구하고 조회 수가 대단히 많이 나오고 있었다.

"바, 반응은 그래도 괜찮네. 어, 음……."

"위로하지 마라."

"그, 그래. 수고했다."

건우는 기운이 빠졌는지 의자에 기대어 앉아 있었다.

객관적으로 보면 크게 이상하지 않은, 오히려 영상미나 전달력 측면에서는 괜찮은 광고였다. 승엽은 태블릿 PC를 터치해 반응을 살펴보았다.

건우사랑: 와… 12312123번째 재생 중.

존엄갓: 끌 수가 없엌ㅋㅋㅋ.

아이미쳐: 난 남자인데 왜…….

유어갓: 미쳤다. 어떻게 매일매일 잘생겨져.

희선: 두 시간째 보고 있음.

이미애: 진심 우주급 얼굴ㅋㅋㅋ. 서양에서는 CG라고 하던 데ㅋㅋ.

승엽은 눈을 깜빡였다. 한글뿐만 아니라 영어나 다른 나라의 언어로 달려 있는 댓글들도 많았다.

승엽이 생각하기에도 건우의 외모는 확실히 잘났다. 너무 잘나서 배우로서 역할이 제한될 만큼 잘났다. 더욱 무서운 점은 카메라 마사지 때문인지 점점 더 얼굴에서 빛이 난다는 점이었다.

'연기력, 노래… 뭐 하나 빠지는 게 없네.'

자신의 친구라서 그럭저럭 넘어갔지만 다시 생각해 보니 참으로 신기했다. 어떻게 저런 재능을 숨기고 있었는지도 의문이었다.

승엽은 많은 자극을 받았다. 매니저를 하며, 건우를 보며 배우는 것들이 꽤 많았다.

건우 역시 승엽이 언제든 꿈을 이룰 수 있게 도와준다고 말했다. 승엽은 건우가 친구인 것이 참으로 행운이라고 생각했다.

"응? 이진국 열애설 떴네. 미유랑 사귄다나 봐. 소속사에서도 공식으로 인정했다는데."

"그래? 신기하네."

승엽이 태블릿 PC로 포털 사이트에 뜬 기사를 보며 말하자 건우가 고개를 갸웃거렸다.

사이가 안 좋아 보였는데 사귄다고 하니 이상했기 때문이다.

사람 속은 아무도 모른다더니, 딱 그런 말이 떠올랐다. 건우는 이진국의 인성이 어떻고 간에 둘이 행복했으면 했다.

'그건 그렇고 다음 작품의 출연이 너무 빠른가?'

차기 드라마에 대해 이미 여러 번 미팅을 가져 왔다.

너무 빠르게 차기작 일정이 잡힌 것 같았지만 건우는 쉬고 싶지 않았다.

무공을 익히는 데도 도움이 되고 돈도 벌 수 있었기에 이보다 더 좋은 조건은 없었기 때문이다.

'드라마 촬영 전에는 탈락하겠지.'

가왕 자리에 욕심이 있기는 했으나 워낙 쟁쟁한 가수들이 많았기에 계속 유지할 수 없을 것 같았다. 옥선체화신공과 음공이 있기는 했으나 기교적인 부분에서는 아직도 부족하다고 생각했기 때문이다.

드라마 제작 전까지 가왕 자리를 유지했으면 하는 바람이었다.

잠시 동안의 휴식 시간이 끝나고 마스크 싱어 녹화가 시작되었다. 건우가 할 일은 다른 참가자의 무대를 보며 리액션을 하고 코멘트를 해주는 것, 그리고 3라운드 때 관전석에 나와서 지켜보는 것, 마지막으로 준비된 노래 1곡을 하는 것이었다.

장시간 녹화이다 보니 심신이 지칠 법도 했지만 건우에게는 해당되지 않았다.

건우는 다른 참가자들이 노래를 부를 때마다 조금은 과할 정도로 리액션을 해주었다.

기본적으로 참가자들의 레벨이 다들 높다 보니 노래를 즐길 수 있었다.

게다가 꽤나 많은 공부가 되었다.

소리의 변화와 공명의 위치, 그리고 기술적인 부분들을 주의 깊게 기억할 수 있었다. 애드립 같은 부분은 쉽게 따라할 수 없는 재능의 영역이라 곤란한 면이 있었지만 그래도 공부는 되었다.

마지막 라운드가 시작되자 건우가 드디어 무대 한쪽에 마련된 가왕석으로 이동했다.

건우의 모습이 등장했다. 방청객들로서는 오늘 처음 보는 것이었다.

옥선체화신공을 운용하고 있어 건우의 기세는 좌중을 압도했다.

방청객들은 건우의 번쩍이는 황금색 가면과 합쳐져 진짜

왕이 등장한 것 같은 느낌을 받았다.

반짝반짝 황금태양!

등장한 것만으로도 모든 이들의 시선을 강탈하는 마성의 매력을 지니고 있었다.

"와아아아!"

"멋지다!"

황금색으로 이루어진 왕좌에 앉자 방청객에서 환호성이 터져 나왔다.

건우는 고개를 끄덕이며 손을 흔들어주었다. 그 모습은 참으로 여유가 넘쳤다.

패널석에 앉아 있는 패널들에게는 그 모습이 백성들을 바라보는 왕으로 보일 정도였다.

"이야, 완전 가왕 다 됐네!"

"잘생겼다!"

"아니 가면을 썼는데 어떻게 알아?"

"전부터 느낀 거지만 훈남 냄새가 나요!"

가라와 신호봉의 대화였다. 신호봉은 자리에서 일어나 환호성을 질렀다.

그런 신호봉이 탐탁지 않은지 가라가 혀를 차며 고개를 저었다.

마스크 싱어의 MC 한성수가 그 모습을 보고는 살짝 웃음을 터뜨렸다. 그러고는 건우에게 시선을 돌리며 질문하기 시작했다.

"하하, 가왕께서는 지금까지의 무대를 어떻게 보셨습니까?"

건우는 한상수의 질문에 무대를 내려다보았다.

가왕 전용석은 무대보다 높은 곳에 위치해 있어 모두가 올려다봐야 했다. 나름 가왕의 위상을 세우기 위해 정한 것 같았는데 건우에게 좌중을 내려다보는 그런 위치는 그야말로 잘 어울렸다.

한상수의 양 옆에는 마지막 라운드를 치를 두 참가자가 서 있었다.

나름 3라운드까지 왔지만 두 참가자의 실력은 극과 극이었다.

한 명은 대단히 매력적인 보이스를 가진 중견 가수 같았지만 다른 하나는 아이돌 중에서 리드 보컬을 하고 있는 수준이었다.

건우는 말을 하지 않고 엄지를 치켜들었다. 그리고 고개를 몇 번 끄덕였다.

"가왕께서 만족해하셨습니다. 이번에 준비된 곡도 기대하신다고 하십니다."

한상수는 능글맞게 웃으며 건우의 제스처를 통역해 주었

다. 가라가 알겠다는 듯 자리에서 일어나며 건우를 손가락으로 가리켰다.

"아! 알 것 같다! 외국분이시네! 음, 그, 그 파이어 하트 같은데!"

파이어 하트는 80년대를 풍미한 록 가수였다. LA 출신이었는데 기이하게도 본토에서보다 한국이나 일본에서 더 많은 사랑을 받은 가수였다.

최근 내한을 하기도 했고 기럭지도 꽤 길어 건우라고 의심할 만했다.

"하하하! 거봐! 말 못 할걸? 한성수씨, 제가 맞춘 것 같은데요?"

"만약 아니면 어떻게 하실 겁니까? 저희 마스크 싱어 분장팀에게 분장을 받아보시겠습니까?"

한성수가 묻자 가라는 잠시 고민하다가 입을 떼었다.

"그러죠. 만약 맞으면 제 의자도 가왕처럼 바꿔주세요."

"콜!"

한성수가 한 치의 망설임도 없이 받아들이자 가라가 고개를 갸웃했다.

"음?"

"파이어 하트가 맞는 것 같은데요."

"한국인은 절대 아니야."

패널석에서 그런 반응이 나왔다.

전에 한국어를 하기는 했지만 철저히 연습으로 인한 것이라 생각하고 있었다. 건우만 한 기럭지를 지닌 가수, 그런 목소리를 가진 가수는 한국에 없었으니 그런 의견이 힘을 얻어가고 있었다.

건우가 손을 뻗자 옆에 있던 경호원이 공손한 태도로 마이크를 바쳤다.

사전에 협의가 되어 있는 행동이었지만 건우는 너무나 자연스럽게 행동했다.

건우가 무슨 말을 하는지 모두의 시선이 모아졌다.

"외국인 아닙니다. 100% 한국인입니다."

"어라?"

"어?"

당연히 목소리는 변조되어 나왔다.

패널들이 자리에서 벌떡 일어났다. 방청객들도 술렁거렸다. 당연히 너무나 자연스러운 한국어 발음이었다. 가라를 포함한 패널 모두가 혼란에 빠졌다.

한성수는 씨익 웃을 뿐이었다.

"과연 이번에 가라 씨와의 내기는 누구의 승리로 돌아갈지! 자! 3라운드! 시작하겠습니다!"

한성수는 바로 3라운드를 진행시켰다. 건우는 느긋하게 의

자에 기대어 박수를 쳤다.

이것도 연기 연습의 일종이라 생각하고 옥선체화신공을 발휘하고 있었다. 거만했지만 그만큼 기세가 남달랐던 무림맹주의 행동을 어느 정도 선보이고 있었다. 그러나 건우가 가지는 기운 때문인지 거만하다기보다는 카리스마가 넘치는 걸로 보였다.

'잘 봐야겠군.'

건우는 무대에 온 신경을 집중했다. 무대가 시작되었다. 첫 번째 참가자 '블링블링 장미공주'의 선곡은 진한 슬픔이 담긴 발라드였다.

1년 전에 나와 선풍적인 인기를 끌었던 '총 맞은 가슴'이었다. 고난도로 손꼽히는 노래였는데, 그렇게 고음역대의 노래는 아니었지만 애절한 감정을 담아 부르지 못하면 노래의 매력이 살아나지 못했다. 슬픈 음색으로 불러야 간신히 평타를 치는 노래였다.

'으음, 별로네.'

너무 예쁜 척하는 목소리였다.

기계적으로 느껴지기까지 했다. 음공을 익혀서 소리에 대해 민감해진 건우였기에 예전과는 달리 전문적인 분석이 가능했다.

내력을 끌어 올리며 집중을 하고 있었기 때문에 더욱 심층적인 분석이 가능했다.

YS에서 봤던 하연이 훨씬 낫다는 생각이 들 정도였다.

다음 무대가 이어졌다. '둥글둥글 파마머리'였는데, 파마머리가 달린 마스크를 쓰고 있었다. 살짝 촌스러운 외견과는 달리 노래는 고품격이었다.

서정적인 감성이 묻어나는 '봄비'라는 노래였는데 건우도 눈을 감고 즐길 만큼 대단했다. 파마머리가 내뿜는 기운이 느껴졌다.

'소리를 통해 발산되는 거로군. 대단해.'

소리도 하나의 기운이었다. 중견 가수들은 복식 호흡을 통해 체내의 기운을 무의식적으로 발산하는 것 같았다. 그 정도 수준까지 오르기 위해 얼마나 뼈를 깎는 노력을 했는지 알 수 있었다.

파마머리의 소리를 들으며 옥선체화신공을 운용하니 파마머리가 지닌 감성이 그대로 느껴졌다. 파마머리는 마음속으로 풍경을 그리고 있었다.

봄비가 내리는 풍경이 건우의 눈앞에 펼쳐져 있는 것 같았다.

'이런 식으로도 가능하구나.'

지금까지 건우는 옥선체화신공으로 자신의 감정을 다른 이들에게 공명시켰다면, 지금은 다른 이의 감정을 자신에게 공명시키고 있었다. 감정을 기운으로서 흡수해 사용하는 것과는 달랐다.

달빛 호수를 찍을 때는 건우가 중심이 되어 주도적으로 감정을 끌어 올렸다.

다행히 호평을 받고 넘어갔지만 어설픈 부분도 분명 있었다.

그러나 다른 이의 감정을 그대로 자신에게 공명시켜서 이해할 수 있다면 연기에 있어서 부족한 부분을 확실히 채울 수 있을 것 같았다.

지금까지 해온 주도적인 연기는 물론 피동적인 연기를 할 수 있게 되니 말이다.

건우는 파마머리가 그리는 풍경에 귀를 기울이며 노래를 즐겼다.

"네! 블링블링 장미공주님과 둥글둥글 파마머리님의 무대였습니다! 두 분 다 정말 대단한 무대를 보여주셨는데요."

한성수가 무대 위로 나오자 두 참가자들도 따라 나왔다. 패널들이 감상평을 말해주었다. 가수와 작곡가가 있어서 인지 전문적인 감상평이 나왔다.

"저는 파마머리님에게 한 표 주겠습니다. 어우, 이거 가왕 자리가 위태위태하겠는데요? 가왕, 긴장하셨죠? 긴장될 거야. 아마."

가라가 건우를 보며 물었다.

"잘 들었습니다. 훌륭한 무대였습니다."

"너무 형식적인 멘트인데요? 긴장하셨네."

가라는 다소 공격적인 멘트를 했지만 기분이 나쁘지는 않았다.

적당히 분위기를 띄울 의도가 깔려 있었기 때문이다. 건우는 더 이상 말하지 않겠다는 듯 손을 옆으로 뻗자 경호원이 공손한 자세로 마이크를 받았다.

투표가 진행되었다. 건우의 예상대로 압도적인 표 차이로 파마머리가 가왕전에 올라왔다.

건우는 가왕 전용석에서 내려와 무대 뒤에 섰다.

[24대 가왕 반짝반짝 황금태양!]

성우의 굵직한 목소리와 함께 건우가 무대로 입장했다. 경호원이 양옆에 서서 무대 위까지 경호해 주었다.

건우는 지팡이도 들고 있었는데 역시 황금색으로 도배된 화려한 지팡이였다.

"와아아아!"

"꺄악!"

방청객에서는 환호성이 튀어나왔다. 포스 넘치는 건우의 모습에 흥분한 것이다. 건우는 지팡이를 화려하게 돌렸다. 마치 마술을 하는 것처럼 화려하게 지팡이를 돌리다가 그대로 경호원에게 주었다.

경호원은 건우가 두른 망토와 지팡이를 가지고 무대 뒤로 퇴장했다.

'좋아!'

건우의 몸 상태는 최상이었다.

지금 당장 자신이 가진 모든 것을 펼칠 수 있을 것 같았다. 단전에서 묵직한 내공이 느껴졌다.

내공이 내뿜는 열기가 혈맥을 따라 돌며 몸을 달궈주었다.

쉽게 떨어져 줄 생각은 없었다. 건우가 가장 경멸하는 것 중에 하나가 도전을 받아들일 때 최선을 다하지 않는 것이었기 때문이다. 건우는 고개를 숙이고는 조명이 어두워지기를 기다렸다.

무대가 준비되자 건우는 고개를 서서히 들었다. 곧바로 연주가 시작되었다.

"와아아!"

방청객들은 물론 패널들도 환호를 질렀다. 모두 이 노래를 알기 때문에 그러한 것이었다. 록 음악 중에서 고난도에 속한 노래였고 남자라면 한 번쯤 불러보고 싶은 욕망이 가득 담긴 곡이었다.

김관호의 '이별인 사랑'이었다. 건우도 학창 시절, 노래방에 가면 꼭 부르던 노래였다. 아무것도 모르던 시절, 소리를 꽥꽥 지르며 겨우 완창하고서는 자랑스럽게 미소를 지은 적이 있었다.

그때는 고음병이라는 것이 유행했는데, 건우도 그 병에 걸린 이들 중 하나였다.

타고나지 못한 성대 때문에 고음을 포기했었지만, 지금은 아니었다.

그에게는 옥선체화신공과 음공이 낳은 강철과도 같은 성대가 있었다.

거기에 내력으로 보호한다면 성대를 마구 긁어도 상처 하나 나지 않을 것이다.

이것은 노래뿐만 아니라 연기에도 많은 도움이 되었다.

환호가 이내 잦아들었다. 건우는 천천히 마이크를 입가에 가져다 대었다.

"하나뿐인 사랑~"

처음에는 서정적인 멜로디로 시작했다. 록 장르였지만 좀 더 세부적으로 표현하면 록 발라드에 가까웠다. 김관호는 하드록뿐만 아니라 LA 메탈과 록 발라드를 아우르는 넓은 스펙트럼을 지닌 가수였다. 최근에는 성대가 예전 같지 않았지만 오히려 그것을 기회로 발라드까지 섭렵하고 있었다.

서정적인 멜로디를 지나 건우는 마이크를 든 손을 아래로 내렸다. 그러자 모든 연주가 멈추었다.

한순간에 내려앉은 정적.

건우는 천천히 다시 마이크를 입가에 가져다 대었다.

낮은 음역대에서 시작된 건우의 목소리가 점점 높아지기 시작했다. 완전한 고음역대로 접어들면서도 음색과 톤은 한결같았다.

"와아아아!"

"꺄악!"

하늘을 찌르는 듯한 고음에 패널들이 벌떡 일어나 경악했고 방청객들은 신이 나 소리를 질렀다.

하지만 그게 끝이 아니었다. 목소리는 고음역대에서 떨어지지 않고 이어졌다. 피치가 떨어져야 하는 것이 정상이었지만 오히려 점점 성량이 커졌고 거친 스크래치가 들어가기 시작했다.

건우는 내력을 발산하며 음공을 전력으로 사용하고 있었다.

호흡은 원래부터 자신이 있었고 내력이 받쳐주니 거의 인간을 벗어난 지경에 이르러 있었다.

'좋다.'

즐거웠다. 연기를 할 때처럼 즐거웠다. 아니, 노래도 연기였다. 짧은 시간이지만 가사에 녹아 자신을 선보여야 했다. 오로지 목소리로 말이다.

살짝 흥분한 건우가 약속된 것보다 더 높고 크게 소리를 높였다.

내력이 발산되며 건우의 목소리가 모든 청중의 귀에 꽂혀 들어갔다.

건우가 한순간에 음을 끊으며 마이크를 올렸다.

강렬한 일렉 기타의 연주가 시작되었고 드럼이 요동치기 시작했다.

원래 이렇게 잔잔하다가 한순간 고음으로 반전되는 노래였지만 건우는 편곡을 요청할 때 그 부분을 더 강조했다.

"와! 미쳤다. 미쳤어."

"우아아아!"

건우는 관객들을 향해 손을 뻗었다. 그러며 박수를 유도했다.

관객들은 건우의 손짓에 무언가 홀린 것처럼 박수를 치기 시작했다.

가히 교주를 따르는 신도와도 같은 모습이었다. 그 소리는 화려한 반주와 딱 맞아떨어지며 또 다른 환상적인 소리를 만들어냈다.

건우가 노래를 부르며 손을 뻗을 때마다 비명 소리와도 같은 환호가 터져 나왔다.

무대는 점점 달아올랐고 건우의 노래는 클라이맥스로 향했다.

쉴 틈 없는 고음이 이어지고 짐승과도 같은 스크래치가 묻어나왔다.

건우의 기세와 합쳐져 압도적인 카리스마를 뿜어냈다. 방청객들과 패널들은 숨 쉬는 것조차 잊은 채 건우를 바라보았다.

그렇게 하늘을 뚫을 것처럼 달리던 목소리가 멈추는 순간, 모든 연주가 멈추었다.

잠시 정적이 생겼다.

"와아아아!"

환호 소리가 정적을 깼다. 방청객들이 자리에서 일어나 기립 박수를 쳤다.

패널들도 마찬가지였다. 숨을 가쁘게 쉬며 여운에 젖은 흥분을 만끽하고 있었다.

건우는 자신에게 쏟아지는 강렬한 기운을 느꼈다. 방청객들의 감정이 더 크게 요동칠수록 그 기운은 배가되어 가고 있었다.

그 기운을 잠시 동안 그대로 서서 온몸으로 맞이했다. 조금 긴 시간 동안 서 있었지만 박수는 끝날 생각을 하지 않았다. 건우는 기운이 가져다주는 쾌감을 억누르고 고개를 숙였다.

"네! 반짝반짝 황금태양님의 멋진 무대였습니다."

한성수도 여운에 젖은 듯한 표정이었지만 멘트를 아꼈다. MC로서 어느 한쪽 편에 기울 수 없었기 때문이다. 그러나 관객들은 아니었다.

한성수가 입장해서 무대 위에 설 때까지 환호와 박수를 멈추지 않았다. 파마머리 역시 올라왔지만 안중에도 없어 보였다.

"자자, 이제 진정해 주시구요."

잠시 기다리자 박수 소리가 잦아졌다.

"블링블링 파마머리님께서는 가왕의 무대를 어떻게 보셨습니까?"

한성수가 옆에 서 있는 파마머리에게 물었다. 파마머리는 망설임 없이 엄지를 치켜들었다.

"어우, 너무 압도당해서 서 있을 힘이 없네요. 정말 감동했구요. 저는 이만 물러가렵니다."

"아이구, 어딜 가세요."

변조된 간드러지는 목소리가 나왔다.

파마머리가 무대 뒤로 돌아가려는 것을 한성수가 웃으며 말렸다.

그녀의 대답은 엄살이라고 느낄 수도 있겠지만 진심이 상당히 섞여 있었다.

한성수가 패널들을 향해 무대를 어떻게 감상했는지 물었다. 작곡가 최원일이 먼저 마이크를 잡았다.

"남자라면 누구나 부르고 싶어 하는 김관호 씨의 노래를 그야말로 완벽을 넘어 환상적으로 보여주신 것 같습니다. 뭐라고 해야 할지… 소리의 영역이 이미 사람의 경지를 넘어선 것 같네요. 도대체 누구죠? 이런 말도 안 되는 포스를 보여주는 가수가 우리나라에 몇이나 될까요?"

"와, 정말 소름이 끼칩니다. 이런 무대를 볼 수 있어 영광입니다. 김관호 씨랑 저랑 좀 친한데… 관호야, 너 긴장해야겠다."

최원일의 감상평 뒤에 조진혁이 늘 그렇듯 감상평을 이어갔다. 다른 패널들의 멘트도 이어졌다.

여자 패널들은 모두 눈이 풀려 있었고 몽롱한 표정이 되어 있었다.

건우의 목소리와 기운에 홀려 버린 탓이었다. 거기엔 옥선체화신공과 음공의 효과가 크게 작용했다.

건우는 그런 극찬이 부담스러웠다. 요즘 들어 칭찬을 많이 들어봤지만 이 정도의 극찬은 처음이었다. 좋기는 하지만 너무 과한 것 같았다.

마스크를 쓰지 않았다면 아마 건우가 지은 난처한 표정이

드러났을 것이다.

가라가 마지막으로 마이크를 들었다.

"와, 진짜가 나타났어. 진짜야, 황금태양! 캬아, 제가 단언하건대 황금태양이 대한민국을 들었다 났다 할 겁니다. 다시 가왕의 자리를 이어갈 것 같은데요?"

"네, 가라 씨의 말대로 같지⋯ 투표를 시작하겠습니다!"

한성수가 그렇게 외치자 모두 버튼을 눌렀다.

무대 위에 떠올라 있는 거대한 스크린에서 숫자가 마구 바뀌기 시작했다.

"과연! 24대 가왕을 넘어 25대 가왕이 탄생될 것인가. 아니면 24대 가왕이 통치를 이어나갈 것인가! 결과를 보여주세요!"

건우는 스크린을 바라보았다.

자신이 우세하다고 예상은 하고 있지만 큰 기대는 하지 않았다.

파마머리의 무대를 돌이켜 보면 건우가 지니지 못한 풍부한 경험이 느껴졌기 때문이다.

그것은 옥선체화신공이나 음공으로도 닿을 수 없는 영역이었다. 시공간을 초월하지 않는 이상 무리일 것이다.

아무튼 건우는 무대를 제대로 즐길 수 있어서 기분이 좋았기에 미련은 없었다.

오히려 향후 일정을 생각해 보면 지금 떨어지는 것이 깔끔할지도 몰랐다.

꽤 화제가 되었다고 하니 지금 정체를 밝힌다면 이미지도 상당히 올라갈 것 같았다.

"결과는!"

숫자가 나오며 결과가 나왔다.

"150 대 49! 압도적인 표 차이로 24대 가왕께서 2연승을 달성하셨습니다!"

"와아아!"

환호와 박수가 건우에게 쏟아져 내렸다. 패널들이 자리에서 일어나 건우의 승리를 축하해 주었다.

건우는 기쁜 마음보다는 가슴이 벅차오르는 느낌을 받았다.

그리고 파마머리에게 미안한 마음이 있었다. 그만큼 파마머리의 무대는 훌륭했다. 건우에게 깨달음을 줄 정도였으니 말이다.

건우가 먼저 파마머리에게 인사를 건네자 파마머리는 진짜 왕을 대하듯 우아하게 인사했다.

"자! 가왕께서 퇴장하십니다!"

경호원들이 다가와 망토와 지팡이를 쥐여주고 왕관을 씌워주었다. 건우는 끝까지 최선을 다해야겠다는 마음으로 옥선체화신공을 운용하며 기세를 발산했다. 건우는 무대를 한 바퀴 돌며 여유롭게 손을 흔들어주었다. 방청객들은 건우의 얼굴은 볼 수 없었지만 발산되는 카리스마와 폭발하는 멋짐에 더 큰 환호성을 질렀다.

건우는 깨달음 때문인지 방청객들이 가지는 흥분된 감정을 가까이서 느낄 수 있었다.

'종교 하나 세울 수 있을 것 같네.'

헛된 마음을 가지고 쓴다면 사이비 종교 하나쯤은 만들 수 있을 것 같았다. 건우는 피식 웃고는 고개를 설레 내저었다. 무대 뒤로 내려오자 카메라가 따라붙었다.

"연승을 하셨는데 어떠세요?"

"기쁩니다. 가왕석이 꽤 안락해서 또 앉고 싶었는데 다행이네요."

"다음에도 이길 수 있으실 것 같나요?"

"아마 힘들지 않을까 합니다. 운이 좋았어요."

스태프의 질문에 건우가 답했다.

3연승은 노려볼 만했지만 그 이상으로 간다면 스케줄에 큰 영향이 있을 것 같았다. 2주 안에 선곡과 편곡자와의 의견 조율, 밴드와 연습을 맞춰보는 것은 보통 일이 아니었다.

'설마 계속 이기겠어?'

감정이라는 건 옅어지게 마련이고 익숙한 것은 질리게 마련이다. 사람들은 늘 새로운 것을 찾는 만큼 가왕 자리도 그러하리라 생각했다.

그러나 기이하게도 건우의 예감은 예전부터 빗나갈 때가 많았다.

2. 말할 수 없는 비밀

칼바람이 불고 눈이 펑펑 내리는 사이 설날이 지났다. 달빛
호수를 촬영할 때가 휴식처럼 느껴질 정도로 건우는 바빴다.
쉬는 날이 보기 힘들 정도로 빡빡했는데, 반쯤은 건우의 욕
심 때문이었다.

몰려든 CF촬영, 화보 촬영, 자살방지협회 홍보대사 활동과
다른 봉사활동 등을 소화하고 틈이 나면 YS사옥에 들러 연
기 지도와 보컬 트레이닝, 악기 레슨을 받았다. 거기다가 새벽
에는 무공 수련, 개인적인 공부를 했다.

거기에 누구에게도 말할 수 없는 스케줄이 껴 있었다. 바로

마스크 싱어였다.

예상대로라면 진즉에 떨어져야 했지만 건우는 지금 파죽의 4연승을 달리는 중이었다.

건우의 무공 수련의 깊이가 날이 갈수록 깊어졌고 다른 가수들의 무대를 보면서 배우고 깨닫는 부분이 많았다. 그것이 바로바로 무대 위에 나타나니 날이 갈수록 완성도가 높은 무대가 나오고 있는 것이다.

마스크 싱어 제작진 측에서 건우의 사정을 이해해 강력한 대항마를 내보내기도 했지만 황금태양의 질주를 막을 수는 없었다.

적당히 했다면 이런 사태는 일어나지 않았겠지만 건우에게 무대에 올라대충하라는 말은 있을 수 없는 이야기였다. 무대는 비무와도 같았다.

언제나 최선을 다해야 했다. 그렇지 않는다면 도전해 오는 상대에 대한 모욕이었다.

그러한 사정 속에서 황금태양은 초장기 집권을 하고 있었다.

물론, 제작진은 건우에게 말은 안했지만 속으로는 대단히 좋아하고 있었다.

황금태양의 엄청난 무대가 나오면 나올수록 시청률은 수직 상승했고 음원 차트는 황금태양의 음원들이 점령했다.

황금태양을 잡기 위해 거물급 가수들이 자진해서 마스크 싱어에 출연을 요청하기까지 하고 있으니 엄청난 호재였다.

시청자들의 반응도 회를 거듭할 때마다 폭발적이었다. 감정을 요동치게 만드는 노래는 마치 마약과도 같은 효과를 내고 있었다.

황금태양의 노래만 계속 반복해서 듣는 모임까지 생길 정도였다.

그야말로 황금태양 열풍이었다.

SNS를 즐겨하는 가수들과 연예인들도 황금태양이 누구인지 추측하는 글들을 달았다. 특히 원곡자들의 반응이 뜨거웠다.

김관호는 어느 라디오 방송에서 자신의 노래를 불러줘서 고맙고 더욱 빛나게 해줘서 감사하다라는 멘트를 했다. 그리고 미튜브에서 리액션 동영상이 올라오는 등 해외에서도 꽤 알려져 가고 있었다.

그렇게 화제가 되고 있는 황금태양 이건우는 외출하기 위해 옷장을 열었다.

스타일리스트가 평상시에도 꼭 입고 외출하라고 건네준 옷들로 옷장이 가득했다.

'나는 패션에 관해서는 문외한이니 다행이야.'

건우가 패션에 대해 전혀 관심이 없다는 것을 간파한 석준의 지시였다.

연예인의 삶은 현관 밖으로 나가는 순간 사생활이 없어졌다. 옷차림 하나하나까지 전부 공개되는 것이 연예인이었다. 그런 대중의 관심이 건우는 싫지 않았다. 현생에서 누구도 관심을 가져주지 않는 상황, 거기에서 오는 절망을 알았기 때문이다.

"이게 좋겠네."

슈트는 너무 격식을 차린 것이니 캐주얼하게 매치된 깔끔한 복장으로 갈아입었다.

손목시계와 지갑을 챙겼다. 명품이 아닌 평범한 축에 속하는 패션 브랜드였다.

YS의 사업과 관련이 있는 브랜드였는데 건우는 자세히 몰랐다.

막 나가려는데 전화가 왔다. 승엽이었다.

─혼자 가도 되겠어?

"응, 친분을 쌓기 위해 모이는 자리니까. 그리고 오늘은 쉬는 날이잖아."

─끝나고 불러라. 데려다줄게.

"됐어. 네 얼굴 보는 것도 지겹다. 푹 쉬어라."

건우의 말에 승엽이 소리 내어 웃었다.

건우는 통화를 끊고 웃음을 내뱉었다. 자신에게 힘을 주는 친구였다.

승엽과 쌓아올린 유대감은 대단히 값진 것이었다.

건우는 승엽이 더 좋은 길을 갈 수 있도록 배려해 주었다. 석준도 승엽이 마음에 드는지 YS에서 레슨을 받을 수 있게 해주었다. 물론 쉬는 날 한정이었다.

건우는 집에서 나와 길가에서 택시를 잡았다.

"어? 이건우."

"이건우다!"

"대박!"

초저녁이라 학원을 가던 학생들이 건우를 알아보고 호들갑을 떨었다.

이제 사람들이 자신을 알아보는 것에는 충분히 익숙해진 건우였다. 갈 길이 바빴기에 눈길을 주지 않고 택시를 탔다.

"안녕하세요? 청담동 살랑으로 가주세요."

"아, 네. 거기 음식집이죠?"

"맞습니다."

택시 기사가 백미러로 건우를 힐끔 봤다.

"아, 그, 그, 그……."

"네?"

"자객? 맞죠?"

"아… 네."

"맞네, 맞아! 하하, 제 딸이 엄청 좋아합니다. 이거 대단한 분을 모시게 되었네요."

"대단은 무슨… 감사합니다."

건우는 웃으며 택시 기사와 이야기를 나누었다. 가는 길이 심심하지는 않았다.

레스토랑으로 들어가는 길목 앞에 서서 계산을 하고 내리려 했다.

"아! 돈 대신에 사진 한 방 찍을 수 있을까요?"

"안 됩니다. 계산도 하고 사진도 찍어드리겠습니다."

"하하! 감사합니다!"

건우는 계산을 하고 택시 앞에서 택시 기사와 함께 사진을 찍고 사인까지 해주었다.

택시 기사는 다음 작품도 대박 날 거라는 덕담을 남기고 떠나갔다.

왜인지 웃음이 나왔다.

전생을 떠올리기 전의 그는 확실히 관심종자였다. 어쩌면 그런 성향이 아직도 남아 있는지도 몰랐다.

건우가 이렇게 멀리까지 온 것은 차기작으로 결정된 '별을 그리워하는 용'의 PD와 작가, 그리고 주요 출연진들과 친분을 쌓는 모임을 가지기 위해서였다.

이전에 공적인 미팅을 한 적이 있었지만 이렇게 주요 출연진들이 모이는 것은 처음이었다.

'내가 주연이라니……'

달빛 호수와는 느낌이 달랐다.

달빛 호수는 얼떨결에 들어가서 주연급으로 부상한 것이었고 이번에 제작되는 드라마는 처음부터 주연이었다. 당연히 부담스러웠다.

자신이 잘못하기라도 한다면 많은 스태프들과 배우들이 탄 배가 좌초되는 것이니 말이다.

'잘해내자.'

반드시 잘해낼 것이다. 그래야만 했다. 무공의 능력은 그에게 아주 많은 힘이 되어줄 것이다. 그는 카페가 많은 골목으로 들어섰다.

저녁 시간대라 그런지 오가는 사람이 많았다. 연인들이 특히 많았는데, 꽤나 보기 좋았다. 젊어서 불타오르는 건 나쁘지 않은 일이었다.

건우의 나이답지 않은 감상이었다.

사랑은 좋은 것이다.

그것이 왜 좋은지 명확히 설명할 수 없어도 알 것 같았다. 그 감정이 가지는 기운은 심상치 않았다.

건우는 걸으면 걸을수록 시선이 모이는 것을 느꼈다. 스마트폰을 대놓고 들이대는 사람도 있었지만 크게 거슬리지는 않았다.

"이건우! 꺄악!"

"와아. 촬영 있나?"

"미쳤어, 미쳤어!"

건우를 뒤따라오는 이들이 늘어갔다. 건우를 잘 모르는 이들도 스마트폰을 들었다. 그 반응을 이해 못 하는 것은 아니었다.

'외모가 잘생겨지기는 했지.'

옥선체화신공은 확실하게 자리를 잡아 이제 대주천을 앞두고 있었다.

점차 변해온 신체는 신선을 닮아가고 있었다. 조금 건방진 말이지만 건우는 이 이상 잘나지고 싶지 않았다. 지나치게 화려한 외모는 향후 연기를 해나가는 데 있어 방해물이 될 것 같았기 때문이다.

건우의 외모로는 다양한 배역을 맡기기에 한계가 있었다. 잘 생각해 보면 대한민국에서 미남으로 손꼽히는 이들 중에서 연기로 호평받는 이는 거의 없었다.

연기를 아주 잘하지 않는 이상 얼굴 때문에 떴다는 소리를 피하기는 어려웠다.

'이미 늦었어.'

건우는 체념했다. 여기서 옥선체화신공을 포기할 수는 없었다.

기왕 이렇게 된 거 끝까지 가보자고 생각했다. 외모가 최고에 이르면 그만큼 희소가치가 있기는 할 것이니 긍정적인 방향으로 생각을 바꾸었다.

건우를 따라오는 사람들은 은은하게 뿜은 기세 때문에 다가오지는 않았다. 일정 거리 이상 다가오면 감당하기 힘든 압박감을 느낄 것이다.

건우는 살랑으로 들어갔다. 고급 레스토랑이었는데 조용히 식사를 할 수 있도록 모든 테이블이 룸 형식으로 나눠져 있었다.

연예인들이 자주 출몰하기로 유명한 맛집이었는데, TV 쇼에도 나오는 최기석 셰프가 오너로 있는 곳이었다.

전생이나 현생이나 가난한 생활을 했던 건우는 이곳에 올 생각을 전혀 하지 않았었다.

살랑은 예약제였다. 안으로 들어가니 종업원들이 준비를 하고 있는 것이 보였다. 건우가 약속 시간보다 일찍 온 탓이었다.

종업원이 건우를 알아보고 깜짝 놀랐다.

건우를 보고 멍해지는 것은 어쩔 수 없었다. 이런 반응이 익숙해진 건우였다.

"죄송합니다. 너무 일찍 왔네요."

"아, 아니에요. 이제 막 준비가 된 참입니다. 저, 잠시만……."

종업원이 주방으로 사라지고 잠시 뒤에 최기석 셰프가 빠르게 다가왔다.

"안녕하세요? 이건우 씨, 만나서 반갑습니다. 최기석입니다. 일찍 오셨네요. 건우 씨가 실망하지 않게 대접해 드리겠습니다."

약간 허세 끼가 있어 보였지만 눈빛만큼은 진중했다. 분위기가 유쾌해서 건우도 편안하게 웃을 수 있었다.

최기석 셰프가 직접 자리로 안내해 줬다. 가는 길목에 큰 벽이 있었는데 연예인들의 사진과 사인이 빼곡하게 붙어 있었다.

"방문했다는 흔적을 남겨주시면 연예인 디씨 들어갑니다."

"하하, 그래요? 지금 해도 괜찮을까요?"

"물론입니다. 기왕이면 저랑 사진도……."

"네, 영광입니다."

뭔가 모양새가 이상했지만 일단 먼저 같이 사진을 찍었다. 알고 보니 최기석의 딸이 건우의 열혈팬이라고 한다.

택시 기사에 이어 오늘 들어 두 번째로 듣는 기분 좋아지는 말이었다.

건우는 종이에 사인을 했다. 기백과 우아함을 동시에 지닌 멋들어진 글씨였다.

그 밑에 '정말 맛있었습니다'라고 적었다.

그걸 본 최기석이 눈을 깜빡였다.

"아직 드시지도 않았는데……."

"분명히 맛있을 거잖아요."

"하하하, 그렇죠."

최기석은 호탕하게 웃었다.

최기석의 안내를 받아 예약된 방에 들어왔다. 최기석은 오늘 자신의 요리 인생을 걸고 만족할 만한 음식을 내오겠다고 선포했다.

그는 자신이 출연하고 있는 TV쇼에 나와달라는 부탁도 잊지 않았다.

건우는 잠시 스마트폰을 보며 혼자만의 시간을 보냈다. 누구나 한 번쯤 해보는 자신의 이름 검색도 해보니 기사와 블로그들이 떠올랐다.

연기대상 때의 모습은 아직도 짤방으로 활발히 돌아다니고 있었다.

'뭐… 좋은 거겠지.'

알아서 홍보가 되니 분명 좋은 것이었다. 정화짤이라는 명칭이 오글거리고 부담스럽기는 하지만 말이다.

오랜만에 인터넷 탐방을 하고 있을 때 약속한 시간이 다가

왔다.

"오! 건우 씨, 먼저 와 계셨네요."

"안녕하십니까? 감독님, 작가님"

최민성 PD가 룸 안으로 들어왔다. 건우는 자리에서 일어나 인사했다.

대단히 예의 바른 모습이었다. 최민성은 미팅 때부터 건우를 아주 마음에 들어했다.

그냥 찍기만 하면 아름다운 화면이 나올 비주얼이니 그럴 만도 했다.

이선 작가도 마찬가지였다. 건우의 합류에는 이선 작가의 입김이 아주 크게 작용했다. 잠시 후, 다른 주연배우들이 모습을 드러냈다.

본래 오기로 한 몇몇 배우들은 스케줄 때문에 오지 못했다.

공식적인 자리가 아니라 최민성 PD 주도로 모이는 사적인 자리였기 때문이다.

그래도 작품의 중심축을 담당하는 주연급 배우는 다 온 것 같았다.

건우가 제일 막내였다. 그리고 제일 후배였다.

건우는 깍듯하게 인사할 수밖에 없었다. 우선, 드라마의 히로인인 전지윤이 가장 눈에 띄었다. 건우와 나이 차이가 꽤

낳는데 그녀의 나이는 29세였다.

"건우 씨, 반가워요. 에이, 너무 그렇게 딱딱하게 대하지 말지."

"네, 선배님."

"편하게 누나라고 해줘. 그게 서로서로 좋잖아? 그지?"

상당히 애교가 많은 성격이었다. 시원한 이목구비를 지닌 미인이었는데 성격은 반전이 있었다.

지윤이 건우의 옆자리에 앉았다. 앞자리에 앉은 건 잘생긴 남자 배우 김동진이었다.

"건우 씨, 예전부터 느낀 거지만 진짜 잘생기셨네요. 물론 그것 때문에 바로 캐스팅한 것도 있지만 생각보다 더 좋네요."

"과찬이십니다."

"건우 씨를 보니까 이번 드라마 완전 대박 날 것 같네요. 촉이 오네."

김동진이 그렇게 말했다.

김동진은 건우가 등장하기 전까지만 해도 가장 잘생긴 배우로 압도적인 지지를 받고 있었다.

그럭저럭인 연기력을 지녔지만 최근 영화에서 좋은 모습을 보여주었다.

이번 드라마에서는 건우를 지독하게 괴롭히는 악역으로 나온다.

이 자리에 있는 배우 셋 중에서는 가장 나이가 많았다.

동진은 성격이 활발하고 인성이 좋기로 소문나 있었다. 건우도 그런 그가 꽤 마음에 들었다. 이진국과는 천지 차이였다.

대충 인사가 오가고 식사가 시작되었다. 분위기는 화기애애했다.

달빛 호수 때 리온처럼 말썽을 피우는 배우는 없었다. 리온이 특이하다면 특이한 케이스였다.

"건우 씨, 요즘 마스크 싱어 보셨나요?"

"아, 예, 작가님."

"황금태양을 보니 건우 씨가 팍 떠오르는 거 있죠?"

이선 작가의 말에 건우는 뜨끔했다.

"네?"

"아! 말을 잘못했네요. 건우 씨가 극 중에서 노래 부르는 장면이 떠올라서요. 건우 씨 전 작품에서 노래도 부르셨잖아요."

이선 작가의 말에 건우는 태연하게 고개를 끄덕였다. 그냥 그런 이미지가 떠올랐다는 말이었다. 건우가 음원을 냈을 때와는 목소리가 꽤 달랐기에 알아차리는 이들은 없었다. 이선 작가도 마찬가지였다.

"난 또, 우리 건우가 그렇게 노래도 잘하면 완전 사기지. 그렇죠? 동진 선배?"

"나도 노래 꽤 하는데."

"동진 선배는 좀……."

"내가 황금태양이면 어쩌려고."

동진의 말에 지윤은 고개를 저었다.

"제가 성을 갈겠습니다."

"와, 단호하네."

분위기 좋은 동진과 지윤의 대화에 건우는 애매모호한 웃음을 그렸다.

나중에 자신이 황금태양인 것이 밝혀지면 어찌 될지 궁금했다.

아무튼 속 시원하게 말하고 싶기도 했지만 비밀 엄수를 해야 했다.

건우는 분위기가 처음부터 좋아 무리하게 띄우지 않아도 돼서 편하다고 생각했다.

동진의 제의로 호칭이 정리되었다. 앞으로 오래 볼 사이인데 편하게 하자는 취지에서였다.

물론 배우들끼리였고 PD와 작가는 해당되지 않았다. PD는 리더십을 발휘하며 이끌어가야 하는 입장이었기에 편한 것보다는 조금은 권위적인 것이 나았다.

최민성 PD는 베테랑이니만큼 그런 것을 잘 알았다.

지윤이 건우를 바라보았다. 건우는 디저트로 나온 찻잔을 들고 있었는데 그 자체로도 훌륭한 그림이었다. 지윤으로서는 눈이 정화된다는 느낌을 실제로 받은 것이 처음이었다. 앞에 있는 김동진도 한때는 대한민국 미남의 1, 2위를 다투었지만 지금은 눈에 들어오지도 않았다.

"건우는 누구라고 생각해?"

"네?"

"황금태양 말이야."

지윤이 분위기를 맞춰주며 대답만 하는 건우와 공통 주제를 갖기 위해 건넨 말이었다.

조금은 사이가 어색하게 느껴졌지만 멜로가 중점인 만큼 진한 러브신도 나오니 가까워져야 몰입하는 데 도움이 되었다.

"글쎄요. 외국 가수가 아닐까요?"

"한국말 엄청 잘하던데?"

"그럼 무명 가수가 아닐까요? 음, 잘 모르겠네요."

"그래? 아, 궁금하다. 맞다, 너 진희랑 친하지?"

진희가 언급되자 건우는 살짝 눈이 크게 떠졌다.

"나랑 휴일에 가끔 보거든. 너 잘 좀 봐달라고 하더라."

"그래요?"

건우 역시 진희와 주기적으로 연락은 하지만 서로 바빠서 얼굴을 볼 시간이 없었다.

건우는 진희가 자신을 챙기려 한다는 사실을 알고는 피식 웃었다.

동진은 무언가 생각났는지 최민성 PD를 바라보았다.

"저희랑 동시간대에 편성된 드라마가 그 이진국이 주연이라던데 맞나요?"

"맞아. 우리 쪽을 겨냥해서 편성한 것 같더라. 라인업도 준수하던데 경쟁할 수밖에 없겠지. 2년은 푹 쉴 줄 알았는데 바로 복귀하네."

이진국이 주연으로 들어가는 드라마는 NBC에서 방영이 결정되었다.

경쟁작은 공중파였는데 '별을 그리워하는 용'은 케이블이었다.

예전 같았으면 상대가 안 되었지만 요즘은 아니었다.

지금은 케이블 드라마도 시청률이 공중파를 압도할 수 있는 시대였다.

'별을 그리워하는 용'은 TGN에서 라스트 스탠딩이라는 드라마 외주제작 업체와 계약해서 만들어지는 작품이었다.

이 업체에 최민성 PD와 이선 작가가 소속되어 있었다. 화제가 된 드라마를 꽤나 많이 만든, 업계에서의 파워가 상당한 업체였다.

과거로부터 왔다는 설정을 가지고 있는 '별을 그리워하는 용'에는 아이돌이 등장하지 않았다.

건우를 제외하면 연기 경력이 긴 배우들이 대부분이었다. 그랬기에 건우가 부담을 느끼는 것은 당연했다.

게다가 경쟁 드라마는 압도적일 정도로 제작비 지원을 받고 있어 그 부분에서 건우가 출연하는 드라마와는 비교도 되지 않았다.

"건우 씨가 있으니 반은 성공이에요."

이선 작가가 단언하며 말했다. 이선 작가도 경쟁작의 라인업을 잘 알고 있었다. 김동진은 이선 작가가 몇 번이나 러브콜을 한 덕분에 오랜만에 드라마로 복귀하는 것이었다. 거기에 달빛 호수를 보고 바로 점지해 둔 건우를 올려놓으니 그야말로 화룡점정이었다. 아니, 용이 하늘을 날다가 대기권을 뚫고 우주로 탈출할 정도라고 그녀는 생각했다.

건우만큼 이 배역에 어울리는 사람은 없었다.

인간 같지 않은 외모를 지닌 외계인.

그야말로 딱이었다.

물론 드라마에 출연한 지 얼마 안 되는 건우를 섭외하는 것은 조금 논란거리가 될 수도 있는 일이기는 했다. 과거의 이야기를 진행할 때는 어쩌면 캐릭터가 겹치는 부분이 있을 수도 있었다.

그러나 이선 작가는 이 배역을 소화할 수 있는 자는 건우 밖에 없다고 생각했고 그것은 최민성 PD도 동의했다.

"건우 씨, 대본 보셨죠? 어때요?"

이선 작가의 주도로 본격적으로 이야기가 시작되었다. 웃고 있었지만 이선 작가의 눈빛은 진지했다. 그것은 최민성 PD도 마찬가지였다.

달빛 호수에서 미친 듯한 연기를 보여준 건우에 대한 신뢰는 대단히 높았다.

최민성 PD와 이선 작가의 머릿속에 있는 건우는 몸짓과 표정만으로도 시청자들의 감정을 동요시키는 연기력을 지닌 젊은 천재 배우였다.

건우가 그들의 속마음을 알았다면 대단히 부담스러워할 정도의 고평가였다.

"정말 좋았습니다. 디테일한 설정도 좋았고 제 역할도 대단히 매력적이었어요. 장면을 상상하며 읽으니 정말 재미있었습니다. 그런데 제 역할이 이무기이기는 하지만 과거로부터 막대한 부를 쌓은 재벌이잖아요?"

"네. 그렇죠."

"돈이 많아본 적이 없어서 그 부분은 제가 잘 소화할 수 있을지 모르겠네요."

대본에서 건우는 오랜 세월에 지친 이무기였다. 세계에서 손꼽히는 그룹을 여럿 소유한 존재이기도 했다. 막대한 돈을 쌓아놓고 화려한 삶을 살지만 그 속을 들여다보면 상처가 많은 인물이었다.

현생과 전생을 통틀어 부자로 살아본 적이 없는 건우는 조금 어색하게 느껴졌다.

물론 힘이 들기는 하겠지만 어떻게든 소화할 자신은 있었다.

건우가 이렇게 말한 것은 자신이 이 작품에 이 정도의 열의가 있다는 것을 최민성 PD와 이선 작가, 그리고 선배 배우에게 어필하고 싶었던 부분도 있었다.

건우의 말에 최민성 PD와 이선 작가가 웃었다.

최민성 PD가 건우를 보면서 입을 떼었다.

"건우 씨는 지금도 엄청 귀티 나는데. 찻잔 들고 있어 봐요. 최대한 무심한 표정으로."

건우가 최민성 PD의 주문에 내력까지 끌어 올리며 집중한 다음 찻잔을 들었다.

순식간에 바뀌는 건우의 분위기와 표정에 동진과 지윤은 놀란 표정이 되었다.

최민성 PD와 이선 작가도 마찬가지였다. 말로 설명하지 않고 몸짓과 표정으로만 표현하는 연기는 경력이 없다면 배우에게 있어서 아주 힘든 연기였다.

"딱인데⋯⋯."

"딱이야."

동진과 지윤이 고개를 끄덕이며 말했다. 동진은 짧은 순간에 확 몰입하는 건우의 재능에 소름이 끼쳤고 조금은 무서워졌다.

건우가 마치 미리 준비된 가면을 쓰는 것 같은 느낌도 들 정도였다.

건우의 그런 모습은 동진, 그에게도 큰 자극이 되었다.

새파랗게 어린 후배에게 연기로 뒤질 수는 없는 일 아닌가?

연기에 대한 열정도 식어가던 동진이었는데 마치 예전으로 돌아간 것처럼 의욕이 생겼다. 지윤은 이미 건우의 매력에 푹 빠져 버렸다. 이미 그것만으로도 배역에 몰입하기에는 무리가 없었다.

건우의 기운은 모두에게 긍정적으로 작용하고 있었다. 건우가 있어서 발생되는 효과는 대단할 것이다. 최근에 더 깊어진 옥선체화신공을 떠올려 보면 건우는 걸어 다니는 연기력 버프 토템이라고 봐도 무방했다.

건우는 그들에게 좋은 인상을 심어준 것 같아 다행이라고 생각했다.

한결 풀어진 지윤의 표정과 미소를 짓고 있는 동진의 모습을 보니 벌써부터 잘될 것 같은 기분이 들었다.

'나도 이 생활에 익숙해졌네.'

TV로만 보던 지윤과 동진이 자신의 옆과 앞에 앉아 있었다.

그리고 같은 드라마에 출연을 한다. 달빛 호수 때는 현실인지 꿈인지 실감이 안 나서 조금 괴리감이 느껴졌지만 지금은 아니었다.

이건우.

그는 배우였다.

그 길을 끝까지 가보려고 마음을 먹었다. 더불어 무공 역시 그 끝을 볼 생각이었다.

식사 자리가 끝나고 조그만 카페로 자리를 옮긴 뒤, 커피를 마시며 이야기를 나누었다.

제일 많은 관심을 받고 이야기 주제로 오르내린 것은 바로 건우였다.

어떻게 달빛 호수에 들어갔냐는 질문에는 운이 좋았다고 대답했다.

최민성 PD와 이선 작가는 먼저 돌아갔고 건우와 지윤, 동진은 가볍게 술자리를 가졌다. 상당히 친해져 전화번호를 교

환하고 톡에도 등록했다. 건우의 친구 리스트에 새로운 인물들이 추가된 것이다.

장족의 발전이었다.

어머니와 승엽을 제외하고 이름만 보자면 어디 가서 못 알아보는 사람이 없는 유명인들로 가득했다.

건우는 집으로 돌아오는 길에 일정을 떠올려 보았다.

'대본 리딩이라……'

대본 리딩 일정이 이미 나와 있었다.

모든 출연진이 모여 처음으로 호흡을 맞춰보는 자리였다. 거기서부터 삐걱거린다면 드라마의 미래는 정말 불투명할 것이다.

'별을 그리워하는 용'은 이미 언론에 오르내리고 있었다. 고인숙 작가와 더불어 최고의 스타 작가 중 한 명인 이선 작가가 시나리오를 집필한 것부터 화제가 되었는데, 오랜만에 드라마에 복귀하는 김동진과 청순 미녀로 이름난 전지윤이 캐스팅되었고 거기에 건우가 주연으로 들어갔다.

기사가 나오지 않을 수 없었다.

이진국 측에서 힘을 썼는지 경쟁작의 기사가 더 많기는 했다.

그 기사들은 일부러 건우를 언급하며 라이벌 구도로 몰아가고 있었다. 연기대상과 최우수 연기상의 싸움이라는 기사

제목도 있었다.

건우는 이진국에 대해서 전혀 신경 쓰지 않고 있었지만 이
진국은 다른 모양이었다. 건우와는 달리 예능도 돌아다니면서
적극적으로 홍보도 했고 은근히 자신의 이미지를 높이는 데
건우를 이용했다. 때문에 욕을 먹고 있기는 했지만 교묘하게
발언한 터라 애매한 구석이 있었다.

그러거나 말거나 건우의 신경은 오로지 '별을 그리워하는
용'의 배역에 쏠려 있었다.

'달빛 호수 때처럼 잘 맞는 배역은 아니지.'

이미지를 올리기 위해 한 대답이기는 했지만 그래도 부족
하다고 느낀 것은 사실이었다. 달빛 호수 때는 그가 겪은 경험
이 많은 도움이 되었다.

이번에는 전작보다 훨씬 많은 노력을 해야 했다. 때문에 연
기 공부 시간도 확 늘렸고 연기 관련 전문 서적까지 모조리
섭렵하는 중이었다.

그것만으로는 부족했다. 자신이 가진 가장 강력한 무기를
더욱 날카롭게 갈아야 했다.

'조금 무리를 하더라도 연기력도… 무공의 경지도 좀 더 끌
어올려야겠어.'

사람들에게 더 많은 공감과 감동을 불러일으키기 위해서
말이다.

그동안 스케줄이 바빴기에 조금 소홀히 한 부분이 있었다.

모든 부분에서 최선을 다해야 한다고 생각했다. 건우에게 있어서 최선이라는 말은 자신이 할 수 있는 것 이상을 가리켰다.

건우의 눈빛이 의욕으로 활활 타올랐다.

3. 새로운 힘

조금 풀어졌던 마음을 다시 제대로 잡은 후부터 건우는 휴식을 반납하고 공부와 무공에 몰두했다. 육체와 정신을 극한까지 이르게 하는 것은 건우에게 있어서 익숙한 경험이었다. 육체는 건우가 목표한 것에 가까워져서 옥선체화신공과 음공 수련 시간을 확 늘렸다.

내공은 확실히 거대해져 있었다. 달빛 호수와 마스크 싱어의 도움이 컸다.

소주천은 거뜬하고 이제 이류 무인에 이르는 내공을 지니게 되었다.

정신적인 깨달음은 충분한 상태였다. 기억이 소실되어 있어 화경에 이를 정도는 아니었지만 일류라 보기에는 충분했다.

어렴풋이 느끼기는 하지만 옥선체화신공이 가리키는 화경의 경지는 건우가 아는 것과는 많이 다른 것 같았다.

건우로서도 처음 가는 미지의 길이었다. 그랬기에 더더욱 끌리는 것인지도 몰랐다. 건우는 집의 창문을 모두 열어놓았다.

영하로 떨어지는 거실에서 가벼운 차림으로 가부좌를 틀고 앉았다.

'대본 리딩 전에 대주천을 달성한다.'

건우의 목표였다.

벌써 두 시간이 넘어갈 동안 미동조차 하지 않았다.

대주천의 시도에 앞서 마음을 가라앉히고 전신의 잠력을 끌어 올리기 위함이었다.

대주천을 돌릴 만한 내공이 모였으니 대주천을 시도해 볼 만했다.

대주천을 한다면 주요 혈맥을 대부분 이용할 수 있게 되니 내공의 수급과 무공의 효율이 큰 폭으로 증가하게 될 것이다. 대주천은 과거의 경지로 치자면 이류와 일류의 경계선이었다. 미약하게나마 검기를 다룰 수 있었고 검기상인을 바라보지만 신검합일에는 닿지 않는, 무인으로서의 기반이 완성되는 경지인 것이다.

실내 기온이 영하로 향해 있음에도 건우의 몸에서는 열기가 뿜어져 나왔다. 땀이 증발하며 나오는 수증기가 건우의 몸을 감싸고 있었다.

건우는 단전의 모든 내공을 끌어 올렸다. 내력이 한순간에 솟구치며 혈맥을 질주했다. 혈맥이 타통되는 과정은 고통스러웠지만 시원한 쾌감이 느껴졌다. 마치 몸에 박힌 거대한 가시를 빼는 기분이었다.

건우의 사투는 세 시간이 넘도록 계속되었다. 마침내 마지막 고비를 넘기는 순간 전신에 활력이 솟구쳤다.

막혀 있던 내력이 원활하게 돌아가며 다시 단전으로 회귀했다.

'됐다.'

그 순간 건우의 몸에서 뼈가 부서지는 듯한 소리가 났다. 전신의 땀샘에서 검은 오물이 쏟아져 나왔다. 그동안 몇 번 정도 이렇게 오물이 배출되었지만 그보다 훨씬 많은 양이었다.

건우는 온몸에 묻은 오물이 딱딱하게 굳고 나서야 몸의 기운을 가라앉히고 눈을 떴다.

악취가 진동했다.

참을성이 강한 건우조차 인상을 크게 찡그릴 정도였다. 창문을 열어놓고 다른 방의 문을 꼭 닫아놓은 것이 천만다행이었다.

건우는 바로 샤워를 했다. 오물을 닦아내고 육체를 살펴보니 전과 다른 부분을 발견할 수 있었다. 살짝 아쉬웠던 골격이 완전히 균형 잡혀 무공을 펼치기에 최고의 상태가 되어 있었다.

전설의 경지라고 하는 환골탈태라 부를 수는 없었지만 긍정적인 변화가 있는 것은 확실했다.

얼굴의 골격 역시 마찬가지로 다듬어졌다.

그런 변화보다 마음에 든 것은 옥선체화신공을 더욱 효율적으로 사용할 수 있게 되었고 미세한 컨트롤이 가능하게 되었다는 점이었다.

연기에 적용한다면 더 생생한 감정을 전달할 수 있을 것 같았다.

눈을 감아보면 여러 가지 감정의 색채가 떠올랐다.

"어떻게든 아슬아슬하게 맞췄네."

무리한 시도였지만 대본 리딩 전까지 목표했던 바를 이룰 수 있었다.

대본 리딩 전에 팬미팅이 스케줄로 잡혀 있었다.

건우가 본격적으로 차기작에 들어가기 전에 처음으로 팬과 만나는 자리를 마련한 것이었다.

욕실에서 나온 건우는 먼지만 쌓여 있는 리모콘을 바라보았다.

그냥 수면을 취할까 하다가 TV를 틀었다. TV를 보는 것은 대단히 오랜만이었다. 예전에는 밥을 먹을 때 꼭 예능 프로를 틀어놨었는데, 지금은 전혀 챙겨보지 않았다. 물론 바빠서 못 보는 것도 있었다.

'이것도 공부겠지.'

다른 사람이 연기하는 것을 보는 것도 연기 공부였다. 예전에는 그저 재미로 봤었는데, 지금은 그래도 연기자가 되었기 때문인지 영화나 드라마를 볼 때면 그 배우의 연기에 집중하게 되었다.

노래도 마찬가지였다.

노래를 들을 때 노래 자체에 집중할 수 없었고 어떤 식으로 소리를 내고 어떤 감정을 담아 불렀는지 머릿속으로 그려보기 일쑤였다.

건우는 기왕 보는 거 해외 영화를 보기로 했다. 영어 공부는 계속해 왔었기에 자막이 필요 없는 수준에 이르렀다. 영어 발음 연습도 할 겸, 한국 연기자와의 차이점도 살펴볼 겸 해외 영화를 보기로 한 것이다.

마침 명작이라고 일컬어지는 '보스'가 하고 있었다. 옛날 영화였지만 현란한 CG로 도배된 영화와는 달리 순수하게 연기력과 시나리오로 명작 반열에 든 영화였다.

지금 보니 새롭게 보였다. 건우는 대사를 따라하다가 영화 속 배우와 똑같이 연기도 해보았다. 옥선체화신공을 끌어 올려 나름 좋은 연기를 할 수 있었지만 그래도 부족한 부분이 존재했다.

그것은 공감이었다. 화면 속에 나오는 배역의 상황에 빠져들 수 없었다.

'저 연기자가 가지는 감정을 알 수 있다면 좋겠는데.'

건우는 잠시 옥선체화신공의 능력을 떠올려 보았다. 분명 자신의 연기는 현장에서뿐만 아니라 화면 너머에까지 효과가 있었다.

정도가 미약하기는 하지만 건우는 영상매체가 건우의 옥선체화신공으로 인한 공명을 확실히 전달했다. 그랬기에 그 정도로 화제가 될 수 있었던 것이다.

'음……'

건우가 마스크 싱어에서 상대 참가자의 감정을 느낄 수 있었던 것처럼 화면 속의 연기자가 지닌 감정을 느낄 수 있을까?

건우는 마스크 싱어 때처럼 시도를 해보았다. 그러나 감정을 느낄 수는 없었다.

'음······.'

건우는 전신의 내력을 끌어 올리며 모든 신경을 예민하게 만들었다.

그리고 고도로 집중하며 연기자의 표정과 몸짓을 주의 깊게 보았다.

그러자 배우가 발산하는 어떤 것이 색채처럼 느껴지는 것 같았다.

기운이 되기에는 한없이 부족했지만 느껴지는 무언가는 색채에 가까웠다. 건우는 그 색채를 받아들이며 자신의 옥선체화신공을 통해 해석했다. 마치 컴퓨터가 분석하는 것 같은 느낌이었다.

건우가 현대인이 아니었다면 결코 떠올리지 못했을 발상이었다.

색채가 건우의 몸에 있는 심후한 내공과 만나자 마치 화학반응이 일어나는 것처럼 어떠한 기운으로 변화했다.

그 기운은 건우의 단전을 다시 한차례 거치며 감정으로 바뀌었다.

건우의 눈이 동그랗게 떠졌다. 마음을 뒤흔드는 감정에 적응하기 힘들었다.

마치 화면 속으로 들어온 것 같았다. 연기자가 가지고 있는 감정과 그가 상상하며 떠올리려고 한 풍경이 머릿속으로 그려지는 듯했다.

건우는 그 감정을 느끼며 화면 속 대사를 따라했다.

—오, 나의 친구. 잘 가시게.

"오, 나의 친구. 잘 가시게.

조금 전과는 달리 소름끼치게 똑같았다. 다른 것이 있다면 외모와 목소리뿐이었다.

"후우."

정신을 차리고 보니 식은땀이 온몸에 흐르고 있었다. 정신이 멍해졌고 육체적으로도 힘들었다. 내력도 꽤나 많이 소모가 되어 있었다.

쉽게 펼치기에는 부담이 있었으나 건우의 기분은 하늘을 날 것처럼 좋았다.

그야말로 대단한 능력이었다.

건우는 옥선체화신공이 얼마나 심도 깊은 무공인지 한 번 더 깨닫게 되었다.

연기자의 연기에 공감할 수 있었다. 대략적이기는 하지만 그가 어떤 생각과 의도를 지니고 있었는지 느낄 수 있었다. 그리고 그가 끌어 올린 감정을 자신만의 것으로 재해석하여 끌어 올릴 수 있었다.

그리고 더 중요한 것은 옥선체화신공의 묘리를 이용해 단순히 연기자를 모방하는 것에서 그치는 것이 아니라 더 발전

시킬 가능성을 발견했다.

세상의 모든 영상 매체가 건우의 참고서가 된 것이다.

건우는 흥분을 가라앉히지 못하고 다시 시도해 보았다. 이번에는 다른 영화였다.

배우들의 연기력만 보았을 때는 평범한 영화였는데 색채가 거의 느껴지지 않았다. 색채를 기운으로 화하여 재해석하는 것이 무리일 정도였다.

'적어도 사람의 감정을 자연스럽게 움직일 수 있는 연기력이어야 하는군.'

억지스럽지 않고 자연스럽게 사람의 감정을 움직일 수 있을 수준이어야 했다.

연기력이 뛰어난 배우여야만 한다는 것이다. 조금 실망스럽기는 하지만 이 정도만으로도 대단한 것이었다. 아니, 말이 안 나올 정도로 대단한 것이다.

대주천을 이루어 옥선체화신공의 경지가 높아졌기에 가능한 일이었다.

많은 시도를 해서 내공이 바닥났고 손이 덜덜 떨릴 정도로 체력 소모가 심했지만 건우의 눈빛은 오히려 더 살아났다.

'이번 배역을 소화하는 데 도움이 될 거야.'

건우는 흥분을 감추지 않고 바로 자리에서 일어났다. 땀이 주륵주륵 흘러내리고 있어 다시 씻어야 했지만 욕실로 가는 대신 스마트폰을 들었다.

─어, 그래. 건우야. 웬일이냐? 네가 다 전화를 하고.

"네, 형님. 통화 괜찮으신가요?"

건우는 전화를 건 상대는 석준이었다.

건우가 먼저 전화를 건 경우는 그다지 없었다. 약속을 잡을 때면 보통 톡으로 하기 때문이다. 건우는 이번에는 부탁할 입장에 있으니 적어도 먼저 통화를 건 사람으로서 예의를 지켜야 한다고 생각했다.

석준은 상당한 영화광이라 상당히 많은 영화를 수집하고 있었다.

옛날 비디오부터 시작하여 블루레이 디스크까지 가득했다. 그가 수집한 영화들을 모은 방은 마치 비디오 가게를 보는 것 같은 기분이 들게 했다.

그곳은 YS 대표실 옆에 위치해 있었다.

건우는 영화를 빌려달라고 부탁했다.

─오, 공부하려고? 언제든지 와서 가져가.

"괜찮아요? 수집품이잖아요."

─나는 살 때 몇 개씩 사거든. 감상용이랑 보관용, 대여용으로 말이지. 취미실에 있는 건 감상용과 대여용이야. 진짜는 집에 있어.

"그렇군요."

석준은 3대 기획사의 대표답게 상당한 부자였다.

─흐흐, 드디어 건우가 영화의 세계에 발을 들였구만. 좋아, 내가 아주 좋은 명작들로 쫙 리스트를 뽑아서 추천해 줄게.

"하하, 감사합니다. 지금 사옥에 계신가요?"

─응? 지금 오려고? 어디 보자⋯ 음, 두 시간 정도 뒤에 와라. 최근에 데뷔한 애들 피드백 좀 해줘야 해서.

"갑자기 죄송합니다."

─죄송할 게 있냐. 너랑 나 사이에. 하하하!

석준의 목소리에는 흥분이 담겨 있었다. 자신의 수집품들을 건우에게 자랑할 수 있게 되어 기쁜 것이었다. YS 소속 가수들에게 자랑한 적이 있었지만 모두 대표님 말씀이라 고개를 끄덕이며 공감하는 척만 할 뿐이었다.

그러다보니 영화 소리만 나와도 피하기 급급했다. 그러던 차에 건우가 그런 말을 건네온 것이다.

석준은 흥분하지 않을 수 없었다.

"알겠습니다. 그럼 두 시간 뒤에 갈게요."

─오냐.

건우는 석준과의 통화를 끊고 피식 웃었다.

물론, 건우는 그날 석준의 자랑을 질리도록 듣고 난 후에 영화를 빌려올 수 있었다.

건우는 석준에게 빌려온 영화를 하루 종일 돌려 보았다. 그가 주목한 영화는 히어로 영화였다.

크리스챤 놀른 감독이 만든 '다크맨'이었다. 3부작이었는데, 놀른 감독의 독창적인 해석으로 현실감 있게 재탄생되어 명작이라는 소리를 듣고 있었다.

주연배우인 크리스토퍼 베일은 잘생긴 외모의 연기파 배우로 유명했다.

다크맨은 간략하게 설명하자면 재벌 2세가 히어로가 된다는 이야기였다.

많은 아픔이 존재했지만 그것을 숨기고 낮에는 방탕한 재벌을 연기하며 밤에는 범죄자를 때려잡는 히어로가 되는 것이다.

지금 건우에게 필요한 배역의 느낌을 딱 가지고 있었다.

건우는 몇 번이고 운기조식을 취하며 크리스토퍼 베일이 한 배역의 분석하고 감정을 흡수했다.

연기력이 뛰어날수록 색채는 짙고 해석할 수 있는 부분이 많았는데 크리스토퍼 베일은 그런 면에서 단연 압도적이었다.

건우는 다크맨의 주인공이 가지는 화려한 생활을 연기해야하는 고뇌, 그리고 숨겨진 권태를 체험할 수 있었다. 진짜 체험해 보는 것과 그러려니 하면서 다른 감정을 끌어 올리는 것은 대단히 큰 차이가 있었다.

눈빛이며 표정은 물론이고 사소한 버릇까지 바뀔 정도였다. 카메라가 다 담을 수 없는 부분까지 완벽하게 변모하는 것이다.

'잘할 수 있겠어.'

불안감이 씻겨 나가고 자신감이 차올랐다.

건우의 준비는 아주 착실하게 진행되고 있었다.

*   *   *

건우는 며칠 동안 집에 들어가지 못할 정도로 바쁜 나날을 보냈다.

팬미팅과 대본 리딩을 앞두고 그동안 있을 스케줄을 앞당겼기 때문이다.

일단 신비주의를 고수하고 있지만 그래도 차기 드라마에 들어가니 라디오 게스트 정도는 나가줘야 했다. 라디오는 또 다른 세계였다.

조용조용하게 흘러가는 느낌이 상당히 마음에 들어 고정 프로그램을 해보면 어떨까 하는 생각이 들 정도였다. 반응도 좋았다.

건우의 목소리를 듣고 홀딱 반한 사람들도 많아 고정으로 해달라고 아우성이었다.

지금은 무리더라도 나중에 기회가 된다면 해보고 싶었다.

건우는 첫 팬미팅을 위해 이동했다.

레본 아트홀이라는 곳이었는데 홍대 쪽에 위치해 있었다.

팬들이 공식 팬카페를 통해서 꾸준히 요청해 왔던 것이 바로 팬미팅이었다.

건우는 예능 프로에 잘 나가지 않으니, 그나마 팬들의 목마름을 해결해 줄 단비 같은 이벤트였다.

다이버 in TV를 통해 팬클럽 현장은 라이브로 방송되었는데 차기 드라마를 홍보하는 목적이 있기도 했다.

막 레본 아트홀에 도착하자 뛰어오는 누군가가 보였다.

"의상 받아왔어요!"

건우의 개인 코디였다. 코디라고 불리기는 했지만 심부름을 주로 하고 있었다.

건우의 경우에는 YS의 메인 스타일리스트가 직접 신경을 쓰고 있어 코디는 메이크업이나 협찬 받은 의상 관리를 주로 했다.

이름은 김민희였는데, YS에서는 미니 코디라 불렸다.

코디는 건우보다 나이가 조금 많은 20대 중반이었다. 키가 작고 어려 보이는 외모 탓에 건우는 그녀가 동생처럼 느껴졌다.

실제로 그녀는 건우를 어려워해서 말을 놓거나 하지는 않왔다. 건우 역시 그녀에게 제대로 이름을 불러주고 절대 함부로 대하지 않았다.

자신을 위해 고생하는 사람이었고 석준이 뽑은 사람이니 최대한 잘 대해주고 싶었기 때문이다. 막내답지 않게 야망이 상당히 커서 석준에게 직접 건우의 코디를 맡고 싶다고 어필했다는 말을 들었다. 그녀는 저래 보여도 이제 3년 차의 경력이 있는 코디였다.

"고생하셨습니다."

"아, 아뇨 고생은 무슨… 제 일인데요."

"식사 하셨나요?"

점심시간이 막 지난 시점이었다. 이마에 송글송글 땀이 맺혀 있는 얼굴을 보니 식사를 하지 않은 것 같았다. 건우는 승엽이 사온 도시락을 코디에게 건네주었다. 일부러 하나 더 구입해 놓은 것이었다.

승엽이 힐끔하고 코디를 바라보는 것이 보였다. 건우는 피식 웃고는 코디가 손에 든 의상을 받았다.

"조금 불편해도 차에서 드세요."

"네? 아…….."

건우는 대기실로 가서 옷을 갈아입었다.

방금 마스크 싱어 연습을 하고 왔기에 건우는 아주 편한 차림이었다.

화려한 복장을 했다가 눈에 띄기라도 하면 여러모로 곤란했고, 장기간 연습을 해야 했기에 편한 복장을 선택한 것이다.

'팬미팅이라……'

조금 기분이 이상했다. 단순히 자신을 알아보는 사람들이 아니라 자신을 좋아하고 지지해 주는 팬과 정식으로 만나는 자리는 처음이었다. 팬이 상당히 많이 있다는 것은 머릿속으로 알고 있었지만 직접 그들을 볼 생각을 하니 마음 한구석이 간질간질해졌다.

건우는 잠시 핸드폰을 바라보았다.

그동안 팬들에게 소홀하게 했던 것 같았다. 건우가 최우수 연기상을 받고 차기작에 바로 들어갈 수 있었던 것에는 팬들의 역할도 상당히 컸다.

건우는 옷을 갈아입고 인증샷을 찍은 다음 공식 팬카페에 올렸다.

첫 팬미팅이 무척이나 기대되고 설렌다는 내용이었다. 건우가 직접 이렇게 자신의 사진을 찍어 올리는 일은 거의 없는 일이었다.

'매진되었다고 했나?'

팬미팅은 공짜가 아니었다.

조금은 가격대가 있는 표를 팔았는데, 전액 기부하기로 했다. 건우가 듣기로는 온라인 판매를 했었는데 30초도 되지 않아 전부 매진되었다고 한다.

표가 팔리지 않으면 무료로 할 계획이었던 건우로서는 대단히 고마운 일이었다. 자신이 인기가 있다는 것을 다시 한번 실감할 수 있었다.

'여기서 멈출 수는 없지. 내가 어디까지 갈 수 있을까?'

야망이 점점 고개를 들고 있었다. 무엇이든 시작하면 끝을 봐야 했다.

건우는 무인으로서도 물론, 배우로서, 그리고 가수로서도 끝을 보기로 결심했다.

기왕 시작한 것이니 세상 그 누구보다 유명해지고 싶었다.

4. 팬미팅

　리온의 이미지는 옛 이미지와 아주 많이 달라져 있었다. 예전에는 좋게 말하면 반항아 정도였다.

　연예계의 대표적인 관심종자였고 흑역사를 무수하게 생성한 허세남이었다.

　그러나 이제는 그것들이 하나의 유머 요소로 받아들여지고 있었다.

　요즘에 더욱 박차를 가했는데, 예전과는 달리 눈썹을 찡그리게 할 내용은 없었다.

　'음원 수익을 전부 기부했다.'

'결식아동들을 파격적으로 후원함.'

라는 허세였다. 기묘하게도 허세 선행을 탄생시킨 창시자가 되어버렸다.

그런 그가 건우의 엄청난 팬이라는 사실은 이미 잘 알려져 있었다.

건우를 보고 영감을 얻어 순식간에 작사, 작곡하여 발매한 싱글 앨범은 음원 차트 선두권을 왔다 갔다 하고 있었다. 건우의 공식 팬클럽을 통해 건우의 이름으로 아주 많은 기부를 한 리온은 VIP회원이라는 계급에 있었다.

건우의 팬미팅!

많은 요청 끝에 건우의 팬미팅이 열릴 날짜가 잡히자 공식 팬카페는 폭발했다.

건우의 인지도는 대단했다. 대한민국에서 건우를 모르는 이는 아마 드물 것이다.

시청률 30%에 달하는 드라마의 주연이었고 시상식 때 미친 외모를 뽐내기도 했다. 더군다나 커피 CF에서 나온 그 멘트는 여러 개그맨이 개그 프로에서 패러디할 만큼 선풍적인 유행을 타고 있었다.

짧은 순간에 얻은 인기이니만큼 시기와 질투하는 자들이 많을 법도 했지만 건우는 현재 가장 안티가 적은 스타 1위로 뽑히기도 했다. '건우주신'이라는 별명은 그냥 생긴 것이 절대 아니었다.

이미 1갓 4인 미남 체제는 대한민국의 정설로 굳어져 버렸다. 그런 건우주신의 역사적인 첫 팬미팅이었다.

건우는 외부 활동이 없기로 유명했다. 라디오 게스트로 나가거나 가끔 잡지 인터뷰를 하기는 했지만 그것만으로는 팬들의 갈증을 채워줄 수 없었다. 오죽하면 팬들이 YS의 대표 석준에게 제발 예능에 출연시켜 달라고 서명운동까지 벌이겠는가.

이번 팬미팅은 그런 분위기 때문에 석준이 직접 지시했다는 소문까지 있었다.

직접 현장에 오지 않더라도 다이버 in TV를 통해 생중계되니 팬들의 입장에서는 가뭄 속 단비였다.

그러나 역시 직접 팬미팅에 가서 건우를 보는 것에 비할 수 없었다.

인기를 반증하듯 30초도 되지 않아 표가 매진되어 버린 사건은 기사로 나기까지 했다.

'드디어 오늘이군.'

리온은 직접 YS에 연락해 무상으로 참여하고 싶다는 의사를 밝혔다. 요즘 그는 예능 프로에 보조 MC로 들어갔는데 곱상하게 잘생겼지만 아주 특이한 캐릭터로 인기를 얻는 중이었다.

리온은 모든 것이 건우 덕분이라고 생각했다.

어떤 명작이라는 칭해지는 작품을 보게 되면 종종 어떤 이들은 인생의 가치관이 바뀌거나 하는 일이 있다고 한다.

자신의 상식을 벗어난 것을 인지했을 때의 감동과 쾌감은 사람의 인생을 변화시킬 수 있었다. 리온은 자신이 그런 경험을 했다고 생각했다.

건우를 보고 있으면 끊임없이 영감이 솟아올라 자신의 음악 세계도 한 차원 진보했다고 느껴졌고, 실제로 평가가 대단히 좋았다. 전에는 리온을 독설로 까던 음악 평론가들도 좋은 반응을 보여주고 있었다.

이번 싱글 앨범이 퍼스타 한별과 비견될 만하다고 평가해 주는 이들도 있었다.

아무튼 리온이 등장하는 것은 건우 몰래 기획된 깜짝 이벤트였다.

리온은 팬미팅이 있을 아트홀 근처에 도착했다. 예정 시간보다 훨씬 일찍 도착했는데, 그는 바로 아트홀에 들어가지 않고 주차장 근처에 있는 분수로 갔다. 선글라스와 마스크를 쓰는 것 역시 잊지 않았다.

리온은 분수 근처에 세워진 가판대를 바라보았다. 직원들이 이번에 현장에 직접 온 팬들을 위해 준비한 물품들을 나눠 주고 있었다.

건우의 글씨가 멋들어지게 써져 있는 팔찌, 그리고 한정판 화보와 건우의 노래가 담겨 있는 CD, 건우의 사진이 고화질로 인쇄되어 있는 브로마이드로 구성되어 있었다.

YS에서 직접 소량 제작하여 시중에서는 절대 구할 수 없는 것들이었다.

'대단해.'

역시 YS였다.

구성이 대단히 좋았다. 팬들이 벌써부터 줄을 길게 서서 기다리고 있었다.

이번 팬미팅은 본래 천 명 정도로 계획되어 있었는데, 신청이 워낙 폭발적이라 규모가 5천 명으로 크게 확대되었다. 그마저도 작다고 아예 큰 콘서트장을 빌려서 하자는 의견까지 있었다.

리온도 줄을 섰다.

"물 받으세요!"

"네? 아, 감사합니다."

건우주신이라고 적혀 있는 티셔츠를 입고 있는 여자가 리온에게 다가와 물병을 주었다.

건우의 사진이 상표 대신 붙어 있었다. YS에서 준비한 것은 아니었다. 건우의 팬클럽에서 자체적으로 봉사활동을 하는 것이었다.

리온은 무슨 콘서트라도 온 기분이 들었다.

건우의 팬들은 상당히 적극적이고 결집력이 강했다. 충성심이 다른 팬들에 비해 대단히 높았다.

일단 건우에게 빠지게 되면 다른 연예인들은 눈에 들어오지 않았다. 외모부터 극심한 차이가 있으니 당연한 것이었다. 게다가 연령대가 다양해서인지 서로가 서로를 상당히 존중해 주는 분위기였다.

'부럽네.'

아이돌로서 팬이 있다는 건 크나큰 축복이었지만 그만큼 많은 말썽을 일으켰다.

바로 극성팬들이 문제였다. 건우도 물론 극성팬이 생기고 있었지만 팬들 내부에서 적극적으로 관리를 하는 편이었다. 건우주신의 격에 맞는 팬이 되자. 오글거리지만 그것이 슬로건이기도 했다.

줄도 길고 상당히 많은 인원이 밀집해 있었는데도 모두 질서를 잘 지키고 있었다.

대부분 여자였지만 남자 팬들도 꽤 있었다.

"완전 설렌다."

"실물로 보는 거야? 막 정신 나간다던데."

"흐흐, 나 어제 카메라 샀어."

건우를 찬양하는 말들에 리온의 기분이 다 좋아졌다. 드디어 건우의 진가를 사람들이 알아보기 시작한다고 생각했다. 리온은 확신했다.

조만간 건우는 대한민국에서 제일보기 힘든 스타가 될 것임을 말이다.

리온이 미국에 있는 친구들에게 건우를 알려주니 모두의 반응이 장난 아니었다. 해외 배우와 비교해도 파격적으로 잘난 것이 바로 건우였다. 그러니 별명에 '신'이라는 말이 붙는 것이다.

팬미팅의 표를 구한 이들뿐만 아니라, 무작정 팬미팅이 열리는 곳으로 온 팬들도 많았다.

주최 측에서는 그들을 외면하지 않고 따로 자리를 마련해 주었다.

리온이 보기에도 훈훈한 광경이었다.

"음?"

리온의 시선에 익숙한 체형이 보였다. 고개를 갸웃거리며 계속 바라보았다.

마스크로 얼굴을 가리고 있었는데, 아무리 봐도 그가 알고 있는 인물 같았다.

달빛 호수를 촬영하며 쫓아다닌 적이 있었기 때문에 누구보다도 잘 알 수 있었다.

지금은 관심이 없지만 말이다.

리온의 이상형은 더 이상 그녀가 아니었다. 외모와는 상관없이 밝은 에너지를 발산하는 여자가 이상형이었다. 물품을 받고 무척이나 좋아하는 그녀가 보였다.

저 모습, 딱 봐도 진희였다.

건우에게 민폐가 될까 봐 이곳에 온 사실을 알리지 않은 것이 분명했다.

'그랬었군.'

저번에 연락을 했을 때, 무언가 좋은 일이 있는데 자신에게 숨기고 있는 티가 났었다.

설마, 이런 일일 줄은 몰랐다. 물론 리온도 이곳에 오는 사실을 숨겼으니 서로 비긴 것이었다.

이진희.

대한민국 대표적인 미녀 배우 중 한명인 그녀가 여기에 있다고 한다면 누구도 믿지 않을 것이다. 리온과는 비교할 수 없는 것이 출연료만 보더라도 리온의 몇 배였다. 그런 그녀가 저기서 저렇게 좋아하는 걸 보니 리온은 인생 오래 살고 볼 일이라 생각했다.

물론 이해는 되었다.

영감이 갑자기 떠올랐다. 이 소재로 노래를 쓰면 제법 슬픈 이야기가 될 것 같았다.

'바라보는 여자, 모르는 남자.'

제목도 즉석에서 떠올라 버렸다. 히트할 것 같은 강렬한 예감이 들었다.

'일단 조용히 넘어가자.'

리온이 그렇게 생각했을 때였다. 그의 시선을 느낀 탓일까? 진희의 고개가 돌아가더니 리온과 시선이 부딪혔다. 서로 선글라스를 쓰고 있었지만 선글라스가 투시되는 것처럼 서로의 시선을 느낄 수 있었다.

"……."

"……."

말은 없었다.

서로 한동안 그렇게 바라보았다. 리온이 고개를 끄덕이자 진희는 슬쩍 시선을 피하고는 고개를 끄덕였다. 그 끄덕임 속에서 아주 많은 대화가 오간 것 같았다.

진희는 빠르게 몸을 돌리더니 그대로 사라졌다. 후다닥 사라지는 진희의 뒷모습을 바라보던 리온의 눈가가 촉촉해졌다.

"선배님, 화이팅……."

그가 해줄 수 있는 최선의 말이었다.

*　　　　*　　　　*

건우는 긴장이 되었다. 자신을 싫어하는 사람들과 만나는 것은 그에게 아무런 영향을 주지 못했다. 그러나 자신을 좋아해 주는 사람들을 만나는 건 그에게 많은 긴장을 부여해 주었다.

절대 팬들을 실망시키고 싶지 않았기 때문이다.

건우는 심호흡을 했다.

자신이 이렇게 긴장하리라고는 생각하지도 못한 건우였다. 내공까지 일으켜서 긴장을 가라앉혔다. 건우가 그렇게 기다리고 있을 때였다.

"안녕하십니까! 스페셜 MC 리온입니다!"

"와아아아!"

"여러분들 저 아시죠? 하하, 아마 인터넷에서 가장 많이 보신 짤이 제가 오징어가 되는 짤일 겁니다. 오늘도 그렇게 되기 위해, 이 자리에 나왔습니다."

건우의 귀에 익숙한 목소리가 들려왔다. 리온의 목소리에 건우는 눈을 깜빡였다. 유명한 연예인이 팬미팅 진행을 도와준다는 소리를 들었는데 그게 리온일 줄 전혀 예상하지 못했다.

'미운 정이 들었나.'

건우는 피식 웃었다.

꽤 오랜만에 듣는 목소리라 제법 반가웠다. 리온은 능숙하게 분위기를 띄울 줄 알았다.

그의 목소리는 힘이 있었다. 최선을 다하고 있는 것이 느껴질 정도였다.

그가 요즘 잘나간다는 소식은 진희를 통해 들었다. 가끔 차 안에서 보는 예능에도 고정으로 출연하는 중이었고 그동안 발표한 음원도 꽤 듣기 좋았다.

리온의 노래에서는 밝은 느낌이 느껴졌다. 자신의 영향을 받은 것이 보였다.

굳이 자신에게 감사를 표현할 필요는 없을 텐데 꾸준히 장문의 톡을 보내니 더 이상 리온을 싫어할 수는 없었다. 조금 꺼려지는 것은 어쩔 수 없지만 말이다.

"오래 기다리셨습니다. 건우님을 모셔보도록 하겠습니다."

리온의 말에 건우는 무대 위로 올라왔다.

팬미팅이 열리는 아트홀은 5,000석 규모의 작은 콘서트홀이었다. 5,000석을 모두 채우고도 뒤에 입석으로까지 서 있는 팬들이 보였다. 건우가 등장하자 환호 소리가 홀 내부를 크게 울렸다.

"꺄아아악!"

귀가 멍멍해질 정도였다.

팬들의 시선은 오로지 건우에게만 향해 있었다. 팬들이 발산하는 에너지가 느껴졌다.

그들의 그 격렬한 감정이 아주 화려한 색채로 건우에게 다가왔다.

감동이었다. 그 이외엔 다른 말을 할 수가 없었다.

왜 그렇게 현생에서의 자신이 관심을 받고 싶었는지 알았다.

정확히 말하자면 다른 사람들의 사랑을 받고 싶었던 것이다.

'배우가 되길 잘했어.'

건우는 배우를 하기 잘했다는 생각이 들었다.

건우가 지금까지 경험해 본 감정 중에 가장 순수한 감정이 느껴졌다. 건우는 잠시 무대 위에 우두커니 서서 팬들을 바라보았다.

"잘생겼어요!"

"사랑해요!"

그렇게 소리치며 어디서 났는지 하얀색 풍선을 흔드는 팬들이었다.

드레스 코드도 하얀색으로 맞춘 것 같았다. 건우가 준비한 것보다 팬들이 준비한 것이 많아 보였다. 그런 마음이 건우를 다시 한번 감동시켰다.

"자자, 신도분들, 좋으십니까?"

"예!"

리온의 말에 팬들이 크게 대답했다. 건우의 팬들이 스스로를 지칭할 때 신도라 불렀다.

조금 오그라들기는 했지만 팬들이 스스로 정한 것이기에 건우는 바꿀 생각이 없었다. 나름 다른 팬들과 차별화되어 좋은 부분이 있기는 했다.

"자리에 앉아서 이야기를 나눠보도록 하지요."

무대 위에 의자 두 개가 준비되어 있었다. 자리에 앉자 리온이 웃으며 건우를 바라보았다.

"조금 놀라신 것 같은데요?"

"아… 설마 리온 선배님이 오실 줄은 몰랐습니다."

"하하, 제 콘서트도 안 오셨으니 제가 와야지요."

건우는 피식 웃었다. 리온이 여러 번 콘서트에 초대했지만 건우는 갈 시간이 없었다. 건우의 팬들은 모두 핸드폰이나 카메라를 들고 있었다. 건우가 웃자 플래시가 파파팍 튀었다. 연기대상 때보다 더 반짝이는 것 같았다. 기자들의 카메라를 능가하는, 마치 대포와 같은 카메라를 들고 온 팬들도 상당했다.

건우의 모습을 최대한 실사와 가깝게 가져가고 싶은 열망이 보였다.

여담이지만 건우의 팬들 중에는 사진 분야에 종사하는 사람도 꽤 많았다.

건우만큼 완벽한 모델은 없다는 것이 그들의 공통적인 입장이었다.

"시간이 많이 없으니 빠르게 진행하도록 하겠습니다. 저만
믿고 따라오세요."

"하하, 능숙하시네요."

"후배님을 위해 연습 많이 했습니다. 연기만큼이나 어렵더
군요."

팬들이 리온의 말에 웃음을 터뜨렸다. 리온은 건우의 열혈
팬으로 유명했다.

아마 리온을 알고 있는 이들이라면 다 알고 있을 것이다.
건우는 모르는 사실이지만 지금 와서는 리온의 팬클럽과 연
합을 맺고 있다고 한다.

리온과 이야기를 나누니 토크쇼 같은 분위기가 났다.

리온은 상당히 말을 잘했다.

건우도 살짝 놀랄 정도였다. 리온이 말을 잘한다는 것은 건
우와 만나기 전부터 유명했다. 리온은 주로 여자를 꼬시기 위
한 본능적인 이유로 말빨을 키웠지만 이제는 좀 더 바람직한
방향으로 쓰고 있었다.

"자, 그럼 행운의 보드판 나와주세요. 여러분! 환호와 박수
를 주셔야 나옵니다."

"와아아!"

"좋습니다. 좋아요. 자, 나와주세요!"

박수 소리가 들리자 스태프들이 커다란 보드판 하나를 가지고 나왔다. 그곳에는 수많은 포스트잇이 붙어 있었는데, 거기에 팬의 번호와 이름이 붙어 있었다.

건우가 포스트잇을 고르면 그것을 쓴 팬이 올라와 간단한 이야기를 하고 건우가 프리 허그를 해줘야 한다고 리온이 말해주었다. 건우는 흔쾌히 승낙했다.

건우는 마음 같아서는 모두에게 그렇게 해주고 싶었지만 시간 관계상 한계가 존재했다.

건우는 자리에서 일어나 21번이라고 적혀 있는 포스트잇을 뜯었다. 숫자 옆에 이름이 적혀 있었다.

"21번… 이미연 씨?"

"저요! 꺄아아악!"

여자 한 명이 비명을 지르며 자리에서 일어났다. 리온이 무대 위로 올라와 달라고 하자 마치 단거리 달리기 선수처럼 전력으로 질주하며 무대 위로 올라왔다.

그녀는 건우의 실물을 가까이서 보더니 황홀한 눈빛으로 바뀌었다.

리온이 가까이 다가갔다.

"미연 씨, 질문이나 하실 말씀 있으면 해주세요."

리온이 마이크를 넘기자 팬의 눈빛이 반짝였다. 팬의 눈빛에 담긴 애정은 건우의 눈에 뚜렷하게 보였다.

건우는 팬을 자세히 바라보았다.

스트레스가 상당히 많은지 탁한 기운이 뭉쳐 있는 것이 느껴졌다. 팬은 건우와 눈이 마주치자 상당히 부끄러워하면서 입을 떼었다.

"오빠, 얼굴에 김 묻었어요."

"네?"

"잘생김이요."

전혀 예상하지 못한 말이었다. 건우는 얼굴을 만져보려다가 의외의 일격에 웃음이 터져 나왔다. 건우가 웃자 팬들이 단체로 환호성을 질렀다.

건우가 두 팔을 벌리자 팬은 건우의 품 안으로 뛰어들었다. 건우는 팬을 안아주며 그녀의 몸에 있던 탁한 기운들을 흡수했다.

오랜 고민과 고뇌가 뭉친 감정은 탁한 기운으로 변해 몸에 큰 영향을 주고 있었다. 자칫 잘못하면 병이 생길지도 몰랐다.

이런 안 좋은 기운도 건우에게는 좋은 내공이 되어주었다. 마치 영약이나 내단을 먹는 기분이 들어 기분이 묘해지기는 했다.

미연은 건우의 품에 안는 순간 황홀감을 느꼈다. 마치 구름 위에 떠 있는 기분이었다.

몸이 더할 나위 없이 상쾌해지고 갑자기 의욕이 샘솟았다. 불면증에 시달린 지 꽤 되었는데 금방이라도 졸음이 쏟아질 것 같았다.

건우는 팬의 얼굴을 바라보았다. 얼굴이 한결 편해져 있었다.

아직 탁한 기운이 남아 있기는 하지만 건강하니 스스로 이겨낼 것이다.

"괜찮아요?"

"네? 아… 네!"

살짝 비틀거리는 것을 잡아주었다.

그런 시간이 이어졌다. 건우는 포스트잇을 뽑다가 나중에 가서는 자신이 직접 팬들을 보고 뽑았다. 안 좋은 기운을 가지고 있는 팬으로 주로 뽑았는데, 건우가 기운을 흡수해 주자 모두 얼굴이 풀어졌다.

그 모습이 다이버 in TV를 통해 나가고 있었다.

하루농: 저분ㅋㅋ. 눈 풀림.

wds323: 진짜 우월하다ㅋㅋ. 어떻게 맨날 잘생겨짐?

갓건우: 리온은 양반이었어. 일반인은 아예 옆에 서면 안 될 듯ㅎㅎ.

열혈신도: 저분 반응 이해 갑니다. 나라도 저럴 듯. 진짜 인

간이 아닌 것 같아요.

난안다: 인간이 아님ㅋㅋ. 차기작으로 커밍아웃한다는 말
도 있음.

채팅창이 아주 빠르게 올라갔다.

실시간으로 2만 명이 넘는 팬들이 보고 있었다. 의외로 해
외에서 찾아온 자들도 있었다. 그렇게 시청자 수는 계속 입소
문을 타서 급격히 상승하고 있었다. 나오는 팬마다 하나같이
황홀한 표정으로 다리가 풀려 버리는 모습을 보고 반응이 뜨
거웠다.

'포스를 발동한 건우'라는 짤이 생성되고 있는 순간이었다.

"노래 좀 불러주세요!"

마지막으로 뽑은 팬이 그렇게 말했다. 예정에 없던 것이었
지만 거절할 수는 없었다. 리온이 옳다구나 하고 마이크를 들
었다.

"건우 씨는 배우이기 이전에 최근에 달빛 호수 OST로 돌풍
을 일으켰던 가창력의 소유자이기도 한데요. 안 들어볼 수가
없습니다."

"와아아아!"

팬들은 축제였다. 음원으로 나와 있기는 하지만 건우가 라
이브로 부르는 모습을 직접 본 이는 극히 드물었다. 배우였지

만 가창력이 뛰어난 사람을 언급할 때 가끔씩 등장하곤 하는 건우였다.

배우로서 집중하고 있었기 때문에 건우도 딱히 그쪽은 신경 쓰지 않고 있었다.

'차기작이 끝나면 음원을 내보는 것도 괜찮겠지.'

마스크 싱어를 통해 배운 것들이 상당했다. 이제는 가수로서도 충분히 대중들에게 보여줄 수 있다고 생각했다. 아마 석준도 건우의 이런 생각에 동의하고 바로 음원 제작에 들어갈 것이다.

"알겠습니다. 반주는 있나요?"

"그럼요. 당연히 준비되어 있지요."

리온이 건우의 말에 그렇게 말했다. 노래방 기계의 반주였지만 준비가 되어 있는 걸 보니 준비성이 철저하다는 생각이 들었다. 건우는 몰랐지만 보통 배우들이 팬미팅을 하면 팬들을 위한 이벤트로 노래 한 곡 정도는 했다. 심각한 음치가 아니라면 말이다.

"신청곡 받습니다."

건우는 부드러운 미소를 지으며 팬들을 바라보며 말했다. 그러자 팬들이 손을 치켜들며 제목을 외치기 시작했다. 여러 가지 곡들이 나왔다. 건우는 후보 중 하나를 뽑아 부르기로 했다.

제법 유명한 발라드 노래인 '사랑할게'를 부르기로 했다. 건우가 부른 노래 중에서는 가장 최근에 나온 노래였다. 가사도 팬들에게 전해주는 것처럼 잘 어울렸다.

건우가 무대 위에 서서 내력을 끌어 올리니 분위기가 완전히 달라졌다.

팬들은 오싹한 느낌과 함께 피부에 소름이 돋는 것을 느꼈다. 그저 마이크를 들고 서 있는 것일 뿐인데 시선이 고정되어 도저히 돌릴 수가 없었다.

모두 건우를 좋아하고 있기에 건우의 기운에 더 많은 영향을 받는 것도 있었다.

건우가 마이크를 들어 올리자 반주가 나오기 시작했다.

"눈을 뜨면 보고 싶은 얼굴……."

"우윳빛깔 이건우!"

팬들의 외침에 집중이 깨져 버려 건우는 하마터면 웃음이 튀어나올 뻔했다.

곧 다시 집중하며 노래를 부르기 시작했다.

"네가 곁에 있기를 바랄게."

"최고존엄 이건우!"

팬들은 무언가 준비를 했는지 일제히 풍선을 흔들며 구호를 외쳤다.

건우가 몸짓을 할 때마다 비명이 터져 나왔고 건우를 따라

떼창을 하기 시작했다.

팬들과 감정이 공명되어 하나의 마음이 되었다. 경험해 보지 못한 짜릿한 기분이 들었다.

자신의 색채로 모든 것을 물들인 것 같은 착각이 일어났다. 새로운 영역을 체험한 것 같은 느낌과 함께 건우를 향해 많은 기운들이 밀어닥쳤다.

마스크 싱어 때와는 비교도 할 수 없는 양이었다.

'1갑자의 내공도 꿈은 아니겠는걸.'

60년 동안 쌓을 내공을 몇 년 안에 쌓을 수 있을 거란 희망이 생겼다. 더 유명해지고 더 많은 작품을 한다면 그 이상도 가능할 것이다.

지금도 달빛 호수로 인해 발생한 기운들이 적은 양이기는 하지만 마치 연금처럼 들어오고 있으니 말이다.

건우의 입가에 절로 미소가 지어졌다.

건우는 팬들과 소통하며 노래를 불렀다. 노래는 더욱 밝은 분위기가 되었는데 그게 딱 어울렸다. 원곡이 전혀 생각나지 않고 마치 건우의 노래인 것 같은 착각이 들 정도였다.

인터넷에서도 난리가 났다.

갓신건우: 축제구나!

우주신도: 미친 가창력이네, 진짜. 이분 배우 맞음?

엘리스: 목소리 톤 봐. 무슨 꿀 바른 듯ㅋㅋ. 역시 1위 가수ㅋㅋ.

옆집남자: 대충 부르는 것 같은데 장난 아니네.

오옹미: ㅋㅋㅋ신인 가수인가요?

유미: 어? 근데, 저 포즈 어디선가 본 것 같은데…….

채팅창이 주르륵 올라갔다. 3만 명이 넘어서고 있었다. 다이버에 로그인해야만 볼 수 있었는데, 그런 것치고는 대단히 많은 숫자였다.

리온도 노래를 즐기고 있었다. 건우의 목소리는 언제 들어도 마음을 움직였다. 리온은 한동안 노래에 푹 빠져 헤어 나올 수 없었다.

'응? 그러고 보니…….'

리온은 노래하는 건우의 포즈를 바라보았다. 어디선가 많이 본 포즈였다. 바로 떠올릴 수는 없었지만 곧 생각났다. 그도 주의 깊게 본 예능 프로였기 때문이다.

'저 환상적인 비율… 사람의 마음을 움직이는 목소리…….'

황금태양!

엄청난 화제를 몰고 온 이름이었다.

부를 때마다 감동을 몰고 오는 가수.

정체가 밝혀지면 대한민국 가창력 순위를 다시 짜야 한다는 소리가 이미 정설이 되었다.

목소리 톤은 분명 달랐다. 동일인이라고 생각할 수 없을 정도로 달랐다. 그것이 만약 건우가 스스로 조절한 것이라면 그는 대한민국 역사상 전례 없는 천재일 것이다.

리온은 소름이 끼치는 것을 느꼈다.

머리로는 부정하고 있지만 그의 감각이 진실이라고 말해주고 있었다.

건우에게서 강한 영감을 받고 득도했을 때와 비슷한 느낌이었다.

'그리고 보니… 이 기분도 비슷해. 설마……'

마음이 간질간질한 느낌도 너무나 비슷했다.

리온은 해외의 여러 음악을 들어봤지만 그런 경험을 한 적은 없었다. 오로지 건우의 목소리에만 그런 특별한 것을 느꼈던 것이다.

이성적으로 생각해 보면 아닐 확률이 높았지만 건우라면 가능할지도 몰랐다.

리온이 생각하는 건우는 인간의 범주에 넣기에는 무리가 있으니 말이다.

외모도 그렇고 그 미친 듯한 연기력도 그렇다.

그리고 달빛 호수 OST를 불러서 음원 차트 1위를 하지 않았는가.

리온이 그런 생각을 하고 있을 때 노래는 절정으로 향해갔다.

건우는 노래에 심취해 있어 습관적으로 자주 사용하던 포즈가 나왔다.

옥선체화신공으로 감정의 몰입이 되었기에 나온 부작용이라면 부작용이었다.

"그대만 사랑할게~"

마지막 소절을 부르자 비명 섞인 환호성이 터져 나왔다. 동시에 팬들이 가지고 있던 무언가를 던졌다. 은박지들이 터져 나가며 공중을 아름답게 메웠다.

건우에게 노래를 시키는 것은 예정된 수순이었는데, 팬들이 나름 준비한 이벤트였다.

팬들의 마음을 느낄 수 있어 더 감동이었다. 건우는 환하게 웃을 수밖에 없었다.

"감사합니다."

건우는 환호 소리에 파묻혀 한동안 그렇게 서 있었다.

건우가 팬들을 직접 진정시키고 다시 팬미팅을 이어갔다. 이번에도 팬들이 준비한 순서였다.

개인이 준비한 선물과 팬클럽에서 준비한 선물을 건우에게 전달해 주었다.

흔히 조공이라 부르는 것들이었는데, 그 규모가 상당했다.

이렇게까지 많은 것들을 받아도 되나 싶을 정도였다. 거절할 수도 없는 자리였다.

인삼차부터 시작하여 각종 건강식품, 그리고 천연 꿀, 각지의 특산물까지 있었고 향수나 피부 관리를 위한 화장품도 많았다.

팬들은 건우가 가난한 생활을 했었다는 사실을 알고 있어 더더욱 챙겨주고 싶었던 것이다.

수북하게 쌓여 도저히 혼자 들고 갈 수 없을 정도였다.

'나 혼자만 생각해서는 안 되겠구나.'

배우.

감정을 교류하는 직업.

건우는 그렇게 생각했다. 자신을 믿고 좋아해 주는 팬들이 있었다.

자신이 혹여 잘못을 저지른다면 팬들의 마음을 배신하는 것과도 같았다. 앞으로 더 발전하고 좋아지는 모습만 보여주고 싶었다.

건우는 최대한 많은 이들에게 사인을 해주고 사진도 찍어주었다.

예정된 시간을 초과했지만 다행히 조금 더 시간을 낼 수 있었다.

'이런 소통의 자리도 좋구나.'

공식 팬카페에도 자주 들어가 봐야겠다고 생각했다. 팬들
이 모두 떠나고 건우도 관계자들과 인사를 나누었다. 웃는 낯
으로 반기는 리온이 보였다.

"감사합니다. 선배님."

"아니에요. 저 역시 오늘 즐거웠습니다. 좋은 노래를 듣고
영감을 팍팍 얻었거든요."

"다음에는 제가 도와드릴게요."

"오? 정말요? 약속하신 겁니다. 남자가 두말하면 안 되죠."

건우의 말에 리온은 환하게 웃으며 대답했다. 진심으로 기
뻐하고 있었다. 리온 덕분에 편안한 분위기 속에서 팬과의 만
남을 가질 수 있었으니 건우는 진심으로 리온을 도와주고 싶
었다.

리온은 건우를 빤히 바라보다가 진지한 표정으로 입을 뗴
었다.

"황금태양 아시죠?"

"네? 아… 그… 마스크 싱어의 가왕이라고 듣기는 했습니
다. 예능은 잘 안 봐서요."

"흐음… 그렇습니까? 잘 알겠습니다."

리온이 미심쩍은 눈으로 건우를 바라보았다. 명백하게 의심
하고 있다는 눈빛이었다.

건우는 자신을 황금태양이라고 의심하고 있는 것이 분명한

리온의 그런 태도에 당황했다.

'좀 더 조심해야겠군.'

다른 역대 가왕들은 떨어지기 훨씬 전에 정체가 밝혀졌지만 건우는 아니었다.

정체가 밝혀져도 상관없었지만 건우는 끝까지 숨기고 싶었다.

왜인지 리온의 눈빛이 더 반짝반짝 빛나기 시작했다. 이제는 존경과 흠모의 감정까지 비추고 있었다. 리온은 점점 확신으로 기울고 있었다.

"뒤풀이라도 하고 싶지만 피곤하시겠지요?"

"아, 네."

"아쉽네요. 그럼 좋은 노래 부탁드립니다. 팬으로서 지켜보겠습니다."

건우가 바쁜 것을 이해한다는 듯 고개를 끄덕이더니 쿨하게 먼저 떠나간 리온이었다. 그는 팬미팅의 출연 비용을 전부 기부하는 것도 잊지 않았다.

건우는 왜인지 그 모습이 꽤 멋있어 보였다.

'오래 살고 볼 일이군.'

인생, 정말 어떻게 될지 아무도 몰랐다.

요즘 들어 그것을 가장 체감하고 있는 자가 바로 건우였다. 건우는 승엽의 도움을 받아 팬들이 준 선물을 모두 집으로 옮겼다.

워낙 많아서 둘이 같이 두세 번은 왕복해야 했다.

건우는 팬들이 준 편지를 하나하나 모두 읽어보았다. 하나 같이 따듯한 내용이었다.

건우가 스케줄이 많다고 라디오에서 엄살을 부린 적이 있었는데 그것 때문인지 건강을 챙기라는 말들이 많았다.

"크으, 힘들다. 이건우 인기 엄청 많네. 기사도 났더라. 다이버 in TV에서 거의 4만 명 가까이 봤다는데?"

승엽이 물을 꿀꺽꿀꺽 마시고는 그렇게 말했다. 건우는 피식 웃고는 편지를 다시 읽었다. 눈에 띄는 내용이 있었다. 건우를 좋아하면서부터 살아갈 의욕이 나고 힘을 얻었다는 말이었다.

'뿌듯하네.'

굉장히 뿌듯했다.

배우의 길을 택하고 나서 처음 느껴보는 성취감이었다. 건우는 편지를 한참이나 바라보다가 조심스럽게 내려놓고는 승엽을 바라보았다.

"더 열심히 해야겠다."

"얼마나 더 잘나질라고. 정말 할리우드라도 가려고?"

"못 갈 것도 없지. 나 요즘 영어 공부하잖아."

"뭐… 당장은 무리지만 몇 년 안에는 가능할 수도 있겠다."

건우는 욕심이 많았다.

배우로서도, 가수로서도 그리고 무인으로서도 원톱이 되고 싶었다. 자신의 능력이 있으니 절대 불가능은 아니었다. 건우는 의욕이 솟아나 당장에라도 일을 하고 싶었다.

"사옥에 연습하러 가야겠다."

"응? 오늘 쉬는 거 아니었어?"

"가만히 있기가 좀 그러네. 나 혼자 갈 테니 너는 쉬어."

"데려다줄게."

건우와 승엽은 서로를 마주보며 웃었다.

승엽은 바로 편한 옷으로 갈아입고 준비하는 건우를 보며 흐뭇한 미소를 그렸다.

'대한민국이 깜짝 뒤집어지겠지?'

승엽은 건우가 가왕의 자리에서 물러나는 일은 당분간 없을 거라고 생각했다.

저렇게 의욕이 넘치는데 누가 감히 건우를 막을 수 있겠는가?

*   *   *

건우의 팬미팅은 기사까지 났지만 그래도 조용히 지나가는 듯싶었다. 늘 화제를 몰고 다니는 건우 치고는 그럭저럭 좋은 반응 속에서 묻히는 분위기였다.

그러나 갑자기 팬미팅 영상이 화제가 된 것은 그 후 며칠 정도가 지났을 때였다. 국내 대형 커뮤니티에서 올라온 게시물 하나가 그 시발점이었다.

제목: 황금태양의 정체.

글쓴이: 종결자

황금태양의 정체는 이건우임.

100% 확실함. 어제 밤새 연구하면서 내린 결론임.

일단 황금태양의 사진과 이번에 이건우 팬미팅 때의 모습을 비교해 보도록 하자.

(사진 첨부: 황금태양_이건우_비율_비교짤.jpg)

비율을 비교해 보았다.

없는 재주 동원해서 그림판으로 했으니 욕 ㄴㄴ.

보다시피 완전하게 딱 떨어진다. 마스크 싱어의 복장이 약간 펑퍼짐해서 착시 효과가 있는데 팔 길이, 다리 길이를 보면 완전히 똑같다.

키 180대 후반.

아시아인에게서는 좀처럼 보기 힘든 어깨 비율, 다리 길이를 볼 때 이건우를 제외하고서는 대한민국에서 찾기 힘들 것이다.

그리고 결정적인 건 노래 부를 때 포즈다.

(사진 첨부: 황금태양_이건우_노래 자세_비교짤.jpg)

약간 각도가 다르기는 하지만 손의 위치, 얼굴을 튼 각도, 무게중심이 완벽히 일치한다.

절대 꾸며내서는 나올 수 없는 자세임.

비율도 똑같고 노래 부를 때 자세도 똑같다.

결론, 이건우가 황금태양이다.

이 글은 곧 성지가 된다.

댓글 1,231

[호감도 순으로 보기]

건우빠: 아무리 그래도 이건 아닌 듯. ㅂㅅ아, 목소리가 다르잖아.

홈옴: 이걸 또 건빠가… 우길 걸 우겨라ㅋㅋㅋ. 멀쩡한 이건우 욕먹이지 말고 ㄲㅈ.

동전노래방짱: 근데 그럴 듯한데, 정말 사실이라면 역사적 사건일 듯. 그럼 외모, 연기력, 가창력 삼위일체잖아ㅋㅋ.

—RE: 멜론맛: ㅋㅋ그럴 리가. 그럼 완전 신이지.

—RE: 군대가라: @멜론맛: 건우주신 무시하냐?

흑염소: 그럴 듯한데. 왠지 정말일 것 같다. 이건우 포스가 장난 아니던데. 왠지 그 뭐냐, 느낌적인 느낌이 비슷함.

—RE: 멜론맛: 뭔 개소리냐ㅋㅋ.

이 게시물이 여기저기 대형 커뮤니티 사이트에 퍼지면서 논란이 시작되었다. 이건우가 맞다는 측과 그럴 리 없다는 측이 다투기 시작한 것이다. 이건우가 아니다라는 사람이 훨씬 많았지만 건우임을 확신하는 사람들도 등장하기 시작했다.

처음에는 그냥 그럴 듯하다라고 웃고 넘기는 분위기였지만 기이하게도 싸움이 붙기 시작하면서 점점 입소문을 타고 퍼지기 시작했다. 각 분야의 전문가들까지 등판하며 반박을 하거나 동의를 하는 등 싸움이 격화되고 있었다.

제목: 홍대 인디밴드 10년 차 보컬입니다.

글쓴이: 김준 밴드

이번 논란에 대해 정말 웃겨서 글을 씁니다.

마스크 싱어의 황금태양은 모든 부분에서 기존 가수와 궤를 달리한다고 생각합니다.

제 생각으로는 잊혀진 무명 가수가 아닐까 싶습니다. 키 같은 경우는 깔창으로 대체하면 되기에 여러모로 착시 효과를 일으킬 수 있습니다.

카메라와 실물은 다르니까요.

무엇보다 목소리 톤과 발성이 완전히 다릅니다. 모창으로 일시적으로 톤과 발성을 바꿀 수는 있겠으나 한계가 있습니다.

이건우 씨가 노래를 잘한다는 건 인정하나 어디까지 배우 수준일 뿐입니다.

음원 1위 한 것 가지고 너무 거품이 낀 것 같은데, 그건 명백하게 건우 씨의 목소리와 곡이 조화롭게 잘 맞아떨어진 우연에 지나지 않습니다.

뭐, 그래도 배우 수준에서는 꽤 잘 부르는 건 맞습니다. 참고로 홍대에는 그 수준이 널리고 널렸습니다.

물론 건우 씨의 연기력은 대한민국 최고라 생각하고 있습니다.

아무튼, 이건우 씨가 톤과 발성을 바꾸려고 애를 써도 황금태양과 같은 완벽한 수준의 가창력을 보여줄 수 없을 겁니다.

분명 지금 이건우 씨 본인도 황당해하고 있지 않을까 하고 생각해 봅니다.

이건우 씨가 부른 노래와 황금태양이 부른 노래를 비교한 동영상입니다.

(미튜브 동영상 '이건우, 황금태양 논란 종결')

딱 봐도 완전 다른 사람이지 않습니까?

노래를 업으로 삼고 있는 저로서는 황금태양은 이건우 씨가 아니라고 확신합니다.

만약 이건우 씨가 황금태양이라면 광화문에서 팬티만 입고 라이브하겠습니다.

댓글 331

[호감도 순으로 보기]

인디홍: 김준님 말이 팩트인듯.

가수가꿈: 실용음악과 출신입니다. 이건우는 그냥 연기만 하는 걸로……

벽음: 해외음대 재학 중인 학생입니다. 이건우가 누군지도 모릅니다. 제발 말 같은 소리 좀 하시길 부탁드립니다.

—RE: 설원: 이건우 맞는 것 같은데ㅋㅋㅋ. 열폭 보소.

—RE: 벽음: @설원: 무식한 소리하지 마라. 네까짓 게 뭘 앎? 방구석 폐인 주제에.

—RE: 설원: @벽음: 붕시나 딱 봐도 이건우잖아ㅋㅋㅋ.

갓건우신: 목소리는 다르지만 느낌이 이건우인데요.

—RE: 가수가꿈: 이분 최소 사이비 신봉자. 이건우 따위를 왜 황금태양님에게 비빔? 개싸이코네.

—RE: 설원: 이건우 맞습니다. 이건우는 인간이 아닙니다. 뭐든지 가능합니다.

—RE: 건빠극혐: 에휴, 건빠놈들 겁나 기어왔네.

거의 8 : 2 정도로 이건우가 아니다라는 덧글 쪽이 우세했다. 건우라고 주장하는 이들은 모두 여러 커뮤니티에서 무시당하고 있었다. 심지어 건빠라고 불리며 한심하다고 비웃음을 당하고 있었다. 그런 분위기가 대형 커뮤니티 사이트에서 형성되고 있었고 건우에게 관심이 없던 사람들도 점차 그 논란에 합류하기 시작했다. 건우를 조롱하는 이들도 있었다.

너무 화제가 되다 보니 기사들도 마구 터져 나왔다. 직접 건우와 인터뷰를 요청하는 기자들도 많았다.

YS 측에서는 건우는 현재 차기 드라마 촬영 중이니 되도록 이면 언급을 피해달라고 말하고는 아무런 대응도 하지 않았다. 은근히 드라마 홍보 효과를 노린 것이다.

건우도 드라마 촬영을 핑계로 인터뷰를 모두 거절했다. 인터뷰를 해서 밝힐 수도 없었고 또 거짓말을 하게 된다면 정체가 밝혀졌을 때 역효과가 날 수도 있었기 때문이다.

5. 논란의 중심

건우는 대본 리딩을 위해 방송국 제작 센터로 가는 중이었다. 한참 자신 때문에 논란이 있다는 것은 이미 알고 있었다. 하지만 어떻게 반응해야 할지는 애매했다.

건우는 가볍게 부정만 하고 있는 상황이었다. 조금 극성인 자들은 건우에게 대놓고 성명을 발표하라고 하거나 일부러 이미지를 띄우기 위해 선동을 한다고 몰아가며 진실을 요구한다는 카페까지 만들었다.

'참, 난리도 아니구만.'

이런 사안도 이렇게 크게 논란이 되는지 처음 알게 된 건우였다. 그만큼 자신의 영향력이 올라간 것을 확인할 수 있는 대목이었다.

건우는 스마트폰을 바라보며 쓴웃음을 지었다. 여전히 치열한 싸움이 오고 가고 있었다. 어느새 생긴 황금태양의 팬카페는 대놓고 건우의 팬들과 싸우고 있었다.

황금태양의 정체가 밝혀지지 않았음에도 인기와 인지도가 엄청나게 올라간 것이 크게 작용했다. 대한민국 음원은 지금 황금태양이 점령했다고 봐도 무방할 정도니 말이다.

황금태양이 부른 노래는 음원으로 나오자마자 1위를 독주하고 있었다. 그리고 그동안 부른 노래들도 나란히 순위권 안에 들었다. 카페나 술집에서도 자주 들려오고 당연히 노래방의 반주로도 나왔다.

톡이 울렸다.

―진희 누나: 너 진짜 황금태양 아니야?

―건우: 그 마스크 싱어인가, 그거?

―진희 누나: 너 진짜 몰라?

―건우: 들어는 봤어. 근데 보지는 않았음.

사실이었다. 건우는 마스크 싱어 녹화에는 참여했지 본방송을 본 적은 없었다. 음원으로 자신의 노래를 들은 적은 있지만 말이다. 진희를 포함해 김태유 PD, 한별, 그리고 고인숙 작가는 물론 이번 드라마에서 친분을 맺은 김동진과 지윤까지 거의 심문하다시피 톡과 전화를 했다. 건우는 늘 그랬듯 적당히 모르는 척하며 넘어갔을 뿐이다. 마스크 싱어에 관심이 아예 없는 척했다.

이번에는 지윤에게서 전화가 왔다.

―건우야, 어디야?

"가고 있어요."

―나도 가고 있는데, 근데 정말 아니야? 동진 선배가 절대 아니라는데, 나는 왠지 느낌이 팍 꽂힌다고 할까?

"무슨 말인지 잘 모르겠네요. 음, 아무튼 가서 뵙겠습니다."

건우는 통화를 끊고 살짝 한숨을 내쉬었다. 가왕 자리에서 그냥 내려오고 싶지만 또 최선을 다하지 않는 무대를 보여주기는 싫었다.

건우는 드라마 촬영 때문에 마스크 싱어에 집중을 쏟을 수 없을 것 같다고 제작진 측에 어필을 해놓은 상태였다. 제작진 측에서는 강력한 우승 후보들을 영입하기는 했지만 번번이 건우에게 압도적으로 패배해서 나름 고심이 많았다. 그렇기 때문에 시청자들이 더욱 열광하는 것이다. 대한민국에서 내로라하는 가창력으로 유명한 가수들이 연이어 패배하니 그럴 만도 했다. 황금태양은 이제 황제태양, 또는 태양신으로 불리기도 하는 실정이었다.

'마스크 싱어에 나갈수록 배우는 게 많으니……'

무대 경험이 쌓이며 다른 가수들의 노하우를 습득하고 있었다. 가수의 감정을 들여다보고 분석할 수 있는 능력은 그에게 무한한 가능성을 부여해 주었다.

실력이 나날이 늘어가고 있어 자신조차 어디까지 갈 수 있을지 두려울 정도였다. 대주천을 달성한 후부터 모든 능력이 확연히 올라 건우의 재능은 그 깊이의 한계를 측정하기 어려웠다.

'어쨌든 최선을 다해야지.'

자신을 의심하고, 자신 때문에 싸우는 이들에게는 미안하지만 고의적으로 져줄 생각은 절대 없었다. 제작진에서 대책을 마련해 준다고 하니 기다리면 될 것 같았다. 건우는 기왕 이렇게 된 거 갈 데까지 가보자라고 생각했다.

제작 센터에 도착하니 이미 와 있는 배우들이 보였다. 아직 리딩이 있을 연습실에는 들어가지 않고 복도에 나와 있거나 대기실에 들어가 있었다. 오늘 대본 리딩은 1화부터 3화까지였는데, 단역들은 초반부터 등장하지 않는 이들이 많으니 기다리고 있어야 했다.

얼굴을 알고 있는 조연배우들뿐만 아니라 얼굴을 처음 보

는 단역배우들도 많았다. 대본에 대사가 있다면 대본 리딩에
참여해야 하니 단역배우들도 이곳에 있는 것이었다.

단역배우들이 건우를 신기한 듯 바라보았다. 단역배우라고
는 하지만 모두 다 건우의 선배들이었다. 연기 경력으로만 따
지면 많게는 건우의 수십 배에 해당하는 배우도 존재했다.

"안녕하세요? 선배님."

"네? 아, 안녕하세요?"

"안녕하세요?"

"예. 하하……."

건우는 일일이 모두에게 인사했다. 건우가 웃는 낯으로 인
사를 하자 조금은 당황해하며 건우의 인사를 받았다. 당연히
기분 나빠 하는 이들은 하나도 없었다.

건우는 밖에 있을 필요 없이 연습실로 들어갔다.

"안녕하세요? 좋은 아침입니다."

"오, 우리 주연배우 왔네. 어서 와요."

"일찍 오셨네요. 건우 씨."

커다란 테이블에 앉아 있는 최민성 PD와 이선 작가가 보였
다. 그리고 몇몇 배우도 지정된 자리에 앉아 있었다. 조금 일
찍 와서 자리는 대부분 비어 있었다.

"감독님, 일찍 오셨네요."

"여러모로 회의할 게 많아서. 그건 그렇고, 잘 지냈어? 요즘

말이 많던데."

"그것 때문에 골치 아픕니다."

"하하, 우리야 뭐, 주연배우가 그렇게 화제가 되면 좋지."

최민성 PD는 사람 좋게 웃었다. 사람 좋기로 유명한 PD였다. 그러나 녹화에 들어가면 누구보다도 무섭기로 소문이 나 있었다. 완벽주의자라서 애드립을 허용하지 않는 연출 감독이기도 했다. 그런 면에서 이선 작가와 궁합이 잘 맞았다.

"건우 씨, 저도 황금태양 팬이에요. 진짜 건우 씨였으면 소원이 없겠네. 재미있는 논란이기는 해요. 감독님 말대로 광고 효과 톡톡히 보겠는데요?"

"그래요?"

이선 작가도 한마디 거들었다. 최민성 PD와 이선 작가도 건우일 리 없다고 생각하고 있었다. 단지 자세와 키가 비슷하다고 해서 이런 말들이 나오는 거였으니 말이다.

인터넷에서는 건우가 황금태양 팬이라 자세를 따라했다는 것이 거의 정설이 되어가고 있었다. 건우가 언급한 적은 전혀 없었는데 말이다.

"안녕하세요? 감독님, 작가님~"

"안녕하십니까?"

지윤과 김동진이 들어왔다. 지윤은 밝게 웃으며 건우에게 손을 마구 흔들었고 김동진은 건우를 보며 씨익 웃었다. 건우는 고개를 꾸벅 숙여 인사했다. 지윤의 자리는 건우의 옆이었다. 김동진은 건우와 서로를 마주보는 자리였다.

리딩 시간이 다가오자 주요 배우들이 모두 자리했다. 테이블은 대단히 길었는데, 그 둘레에 둘러앉는 형식이었다. 잠시 뒤에 FD의 안내로 단역배우들이 대거 입장했다.

주조연 배우들이 앉아 있는 테이블 주변에 앉기 시작했다. 커다란 연습실이 순식간에 사람으로 꽉 찼다. 60여 명에 달하는 배우들이 한자리에 있는 것이다. 그럼에도 불구하고 쥐 죽은 듯이 조용했다. 긴장이 섞인 공기가 피부로 느껴졌다.

최민성 PD의 분위기도 달라졌다. 편안해 보이는 웃음이 사라지고 날 선 표정이 되었다. 이선 작가도 안경을 꺼내 쓰며 진중한 표정이 되었다.

'역시 프로들이구나.'

미소가 가득했던 지윤도 순식간에 진지해졌고 동진도 마찬가지였다. 모두 마치 공부하듯 대본을 훑어보고 있었다. 마치 얼음이 내려앉은 것 같은 분위기를 깬 것은 모든 배우와 스태프들을 이끌어갈 최민성 PD였다.

"여기 구면인 분도 계시고 처음 뵙는 분들도 많군요. 돌아가며 소개하도록 하겠습니다. 반갑습니다. 저는 이번에 '별을 그리워하는 용'의 연출 감독을 맡게 된 최민성입니다."

짝짝짝!

모두가 일제히 박수를 쳤다.

"작가 이선입니다. 반가워요."

이선 작가가 최민성 PD의 말이 끝나자마자 일어나서 자기소개를 했다. 본격적으로 자기소개 시간이 이어졌다. 대본 리딩을 하기 전에는 이렇게 자기소개를 하는 것이 일반적이었다.

가장 최민성 PD와 가까운 곳에 앉은 건우가 그 다음으로 일어났다. 건우가 일어나자 살짝 감탄하는 소리가 들려왔다. 진지한 분위기였기에 그 소리는 작았다.

"이신성 배역을 맡게 된 이건우입니다. 잘 부탁드립니다."

건우를 시작으로 모든 배우가 일어나서 자기 배역과 이름을 말했다. 주조연 배우뿐만이 아니라 단역배우도 모두 일어나 말했는데 60여 명이 넘어갔지만 그리 오래 걸리지는 않았다. 모두가 짧게 말하고 후다닥 넘어갔기 때문이다. 그렇게 모두의 소개가 끝나고 본격적인 대본 리딩에 들어갔다.

대본 리딩의 분위기는 연출을 맡은 최민성과 이선 작가에게 달렸다. 대본 리딩은 최민성 PD과 이선 작가의 스타일을 미리 알 수 있게 해주었다. 향후 어떻게 촬영이 진행되는지 대략 짐작할 수 있었다.

1화는 조연들로부터 시작되었다. 과거의 내용은 먼저 나오지 않고 현대부터 시작되었다. 회사원을 맡은 조연들이 일렬로 서서 대원 그룹의 회장을 맞이하는 장면부터였다.

대원 그룹의 회장 역을 맡은 조연인 중견 배우 권호준의 역할이 중요했다. 지금은 대본 리딩이라 그 장면을 상상해서 연기해야 했다.

"나 참, 이런 거 하지 말라니까. 다들 일 보라고 해요."

"하, 하하! 아, 알겠습니다!"

권호준은 단역들을 리드하며 순조롭게 연기했다. 어색함은 전혀 느껴지지 않고 관록이 느껴졌다. 분명 눈은 대본을 향해 있는데 나오는 연기는 마치 현장에 있는 것 같은 느낌이었다.

건우는 내력을 끌어 올리며 미리 배역에 몰입하기 시작했다. 건우가 등장하는 장면이었다. 대원 그룹 회장이 긴장한 기색으로 이신성이 있는 개인 사무실로 들어가고 건우가 처음으로 등장했다.

건우는 연습했던 감정을 표출했다. 카리스마가 있고 살짝은 오만해 보이는 그런 모습이었다. 건우의 표정부터 달라졌다. 날카로운 눈빛과 건우의 주변으로 흐르는 위압적인 분위기가 주변 배우들을 짓눌렀다.

아직 대사를 시작하지도 않았지만 최민성 PD의 눈빛에 이채가 가득했다.

"드, 들어가도 되겠습니까?"

"들어와요."

"아이구, 아버님! 책을 읽고 계셨습니까? 하하하!"

권호준이 익살스럽게 대사를 쳤다. 건우는 그런 분위기에 휩쓸리지 않았다.

대원 그룹 회장은 건우를 아버님이라 불렀다. 건우는 오랜 세월을 살아온 자였고 그런 건우가 대원 그룹 회장을 주워서 길렀다는 설정이었다. 나이 육십 줄인 대원 그룹 회장이 새파랗게 젊은 건우에게 아버님이라 부르며 따르는 것이 드라마의 초반 매력 포인트 중 하나였다.

"정확히 2분 32초 늦었군. 얼굴을 보니 뛰어온 기색도 없어. 많이 컸네. 회장님."

"다 아버님께서 키워주신 덕분 아닙니까?"

"하기야, 내가 기저귀 갈아주고 먹여주고 재워주고 다 했지."

건우의 감정에 영향을 받은 권호준의 연기력이 더욱 살아났다. 주변 배우들이 자신의 순서를 기다리는 것을 잊고 그 연기에 빠져들 정도였다. 이선 작가는 감탄하며 건우와 권호준을 바라보았다.

건우의 위압적인 분위기가 사라졌다.

"상준아, 오랜만에 등산이나 갈래?"

"제 나이가 이제 환갑입니다. 무릎이 나가요."

"그렇구만. 그래… 그랬어. 인간은 빨리 늙는다는 것을 깜박했네."

건우와 권호준의 대사가 이어졌다. 권호준은 놀랄 수밖에 없었다. 달빛 호수를 봐서 연기력은 어느 정도 인정했지만 설마 이 정도일 줄은 몰랐다. 자신이 눈앞에 있는 청년의 보조를 맞춰 따라가기도 바빴다.

건우와 연기를 나누고 있으면 맡은 배역에 빨려 들어가듯 저절로 집중이 되었다. 그것은 연기 인생에서 처음 느끼는 신비한 감각이었다. 유난히 잘난 외모에 색안경을 끼고 본 자신이 조금 부끄러웠다.

결국 연기자는 연기로 증명하는 것이었다.

느낌이 좋았다. 아이돌 배우는 없었다. 모두 다 연기력이 준수한 배우들이었다. 거기에 건우가 연기력으로 중심을 꽉 잡아주니, 아직 대본 리딩 단계였지만 권호준은 벌써부터 대박의 조짐을 느꼈다.

대본 리딩이 계속되었다.

최민성 PD는 감독을 확실하게 했다.

"지윤 씨, 조금 더 오글거리는 목소리도 괜찮아."

"네, 그렇게 해볼게요."

분위기가 많이 풀어졌다. 최민성 PD도 조화로운 연기를 보고 안심을 했는지 분위기를 조율해 주었다. 최민성 PD와 이선 작가는 사랑에 빠진 눈으로 건우를 바라보았다.

그들이 기대한 모습보다 훨씬 뛰어나니 사랑하지 않을 수 없었다. 벌써부터 본 촬영이 기대되기 시작한 최민성 PD였다.

건우와 지윤의 케미도 대단히 좋았다. 연기력 때문인지 건우의 나이가 전혀 어려 보이지 않았고 오히려 연륜이 느껴졌다.

"저기요? 여기서 왜 주무십니까? 나윤아 씨?"

"으, 으아, 우웁. 으웩!"

"이런… 미……! 후… 인간의 상스러운 언어를 입에 담을 뻔했군. 고귀한 내가 그러면 안 되지."

"아죠씨 넘나 멋지당, 내 스타일이야~ 우욱! 우웩, 뿡, 뿌웅!"

"아예 똥을 싸라 싸, 아주. 하아."

건우와 지윤의 연기에 웃음이 터져 나왔다. 대본 리딩의 후반부로 갈수록 분위기는 유쾌해졌다. 1화 대본만 보자면 어떻게 여주인공과 이어질지 감이 잡히지 않았다.

건우는 말 그대로 날아다니면서 연기를 지배하니 다른 배우들도 이에 호응하여 좋은 대본 리딩이 되었다. 지윤은 건우의 영향을 받아 연기력에 더욱 불이 붙었다. 오글거리면서 약간은 더러운 듯한 연기가 대단히 인상적이었다.

대본 리딩의 끝에 가서는 분위기가 완전히 풀어졌다. 건우는 대본 리딩이 끝나자 내력을 가라앉히며 집중을 풀었다. 완전히 다른 사람 같았던 건우가 본래 모습으로 돌아왔다.

'재미있네.'

대본은 재미있었다. 이렇게 재미있게 연기를 해본 것은 건우도 처음이었다. 달빛 호수 때는 처음 연기를 해보는 것이니 잘해야 한다는 압박감과 무공을 사용하는 것에만 몰두했었다. 재미를 느끼기에는 상황이 너무 급박했고 경험이 없었다. 그러나 지금은 배역에 푹 빠져서 연기란 것에 너무나 큰 매력을 느끼고 있었다.

배역 연구를 철저하게 해서 여유가 있고 더욱 몰입을 할 수 있었다. 다른 사람이 되어보는 것은 정말 매력 있고 재미있는 경험이었다. 대본은 이미 건우의 머릿속에 전부 들어 있었다. 대본 리딩을 하면서 모두 외워 버린 것이다.

최민성 PD는 상당히 만족한 듯 입가에 미소를 띠고 있었다.

"모두 본 촬영 때 이렇게만 해주시면 걱정 없겠는데요? 그림이 아주 좋을 것 같아요. 대박 냄새가 솔솔 납니다. 모두 힘을 합쳐서 드라마 역사를 새로 써봅시다!"

짝짝짝!

최민성 PD의 말에 모두 박수를 쳤다. 최민성 PD의 얼굴에서는 기대감을 느낄 수 있었다. 이선 작가도 마찬가지였다. 지윤과 동진은 지친 표정이었다. 건우의 영향으로 자연스럽게 몰입되어 본인의 역량보다 더 높은 집중을 했기 때문이다. 그래도 기분은 좋아 보였다.

김동진은 고개를 갸웃했다.

"뭔가 신비한 기운이 흐르는 것 같아. 이런 기분 처음인데. 잘될 것 같은 예감이 팍팍 드는걸?"

"선배, 많이 피곤한가 봐?"

"너도 주름이 늘었는데? 건우는 매끈한 거 봐라."

지윤의 말에 동진이 그렇게 답하자 지윤은 눈을 깜빡였다. 지윤은 여배우이니만큼 엄청나게 피부 관리를 하고 있었다. 그러나 건우의 옆에 서니 절로 비교가 되었다. 건우는 메이크업을 하지 않았는데, 결점이 하나도 없는 완벽한 상태였다.

"건우야, 어디서 관리 받니? 나 좀 소개시켜 주라."

"관리요? 그냥 운동을 조금……."

"…그래?"

지윤의 표정이 시무룩해졌다. 지윤의 표정은 무척이나 풍부했다.

"그럼 먼저 가보겠습니다."

최민성 PD를 비롯한 배우들에게 인사를 한 후에 건우는 바로 제작 센터를 나와 바로 방송국으로 향했다. 마스크 싱어 연습을 하기 위함이었다. 다행히 제작진 측에서 건우와 소통을 하며 스케줄을 맞춰줘서 건우는 제대로 연습을 할 수 있었다.

2주에 한 번씩 무대를 꾸민다는 것은 많은 시간은 물론 엄청난 체력과 심력을 소모했다. 그렇다고 해서 건우가 지치지는 않았지만 신이 아니었기에 부족한 시간은 어쩔 수 없었다. 지금은 그래도 괜찮았지만 본격적으로 촬영에 들어간다면 건우라 하더라도 쉽지 않을 것이다.

"안녕하십니까?"

방송국의 연습실에 도착해서 밴드와 작가, 그리고 몇몇 스태프들에게 인사를 했다. 보안이 철저했기에 연습실 주변에는 관계자를 제외하고는 그 누구도 들어올 수 없었다.

기타리스트가 환하게 웃으며 건우를 반겼다.

"가왕님 오셨네요. 하하."

"네, 매번 죄송합니다."

"뭘요. 건우 씨 덕분에 출연료도 인상되었는데요. 그나저나 이번에도 이겨야죠?"

"글쎄요. 이번에는 어렵지 않을까요?"

건우가 그렇게 말하자 기타리스트를 포함한 밴드 인원 모두가 웃었다.

"정확히 그 발언, 3번째입니다."

건우는 기타리스트의 말에 그저 웃을 뿐이었다. 카메라가 건우를 찍고 있었다. 듣기로는 탈락할 때 특집으로 내보낸다고 한다. 건우의 연습 영상은 그때 공개가 될 것이다. 이번에 건우는 돌아가지 않고 정통 록 음악을 선곡했다. 편곡자와는 이제 호흡이 상당히 잘 맞아 건우의 스타일에 맞게 잘 편곡해 주었다.

건우는 진지하게 연습에 임했다. 전력을 발휘하며 노래를 불렀다. 건우가 노래를 끝냈을 때 소름이 끼치는지 팔을 문지르고 있는 남자가 보였다.

바로 마스크 싱어의 연출을 맡고 있는 황기찬 PD였다. 황기찬 PD는 엄지를 치켜들었다. 그는 건우가 연습하는 걸 자주 지켜보곤 했다. 이번에도 가왕을 유지할 것 같은 강렬한 느낌에 황기찬 PD는 고개를 끄덕였다.

"건우 씨, 잠시 괜찮을까요?"

"네."

"회의실로 가시지요."

건우는 황기찬 PD를 따라 회의실로 향했다. 일반적인 회의실이 아니었다. 밖과 철저히 격리되어 있는 곳이었는데, 조금 과하다시피 보안에 신경을 쓴 듯했다. 마스크 싱어를 위해 따로 설치해 놓은 곳이었다. 제작진 측에서 얼마나 보안에 신경을 쓰는지 알 수 있는 대목이었다.

황기찬 PD가 손수 커피를 타주었다.

"인터넷이 아주 건우 씨와 황금태양의 일로 시끄럽더군요."

"저도 그렇게 될 줄은 몰랐습니다."

"저희야 화제가 되고 더 좋습니다만 건우 씨가 힘드실 것 같네요."

"괜찮습니다."

본론을 꺼내기 전에 가볍게 이야기를 나누었다. 황기찬 PD의 태도는 무척이나 정중했다.

"요즘 많이 피곤하시죠? 차기작도 이제 들어가시잖아요."

"네, 곧 제작 발표회를 할 겁니다."

"들었습니다. 솔직히 NBC 드라마보다 기대됩니다. 건우 씨를 자주 뵈니 이거, 눈이 너무 높아져 버려서요. 아, 이건 비밀입니다."

"하하, 네."

NBC에서는 이진국 주연의 드라마를 방영할 계획이었다. 동시간대에 편성되어 건우의 드라마와 경쟁을 해야만 했다. NBC가 야심차게 준비한 드라마였다. 인기가 상당히 많은 아이돌의 캐스팅도 그렇고 화제를 모으기에는 충분했다.

"차기작에 들어가시는 만큼 아마도 스케줄을 맞추시기 힘드실 겁니다. 그 전에 탈락하신다면 괜찮겠습니다만 그렇지 않다면 여러모로 곤란하시겠지요."

"솔직히 저도 여기까지 올 줄은 몰랐습니다."

"저희도 예상하지 못했습니다. 저희는 최고 시청률을 계속 갱신하는 중이라 좋긴 합니다. 건우 씨가 매번 아주 좋은 무대를 보여주신 덕분입니다."

경쟁 예능 프로를 압도적인 시청률로 제치고 있는 마스크 싱어였다. 일등공신은 당연히 황금태양이었다.

황금태양은 음원 차트를 점령하고 새로운 트렌드를 만들어 내고 있었다. 갓 데뷔한 아이돌들이나 컴백한 가수들이 눈물을 머금고 묻혀야만 했다. 음원 수익을 아직 받지는 못했는데, 아마 건우에게 아주 꿀맛 같은 행복을 선사해 줄 것이다.

"근데, 그만큼 많이 힘드시겠지요."

일각에서는 황금태양을 너무 혹사시키는 것 아니냐면서 우려 섞인 목소리까지 나오고 있었다. 건우는 체력적인 문제는 상관없었지만 시간 부족과 정신적인 스트레스가 부담으로 다가오기는 했다. 편하게 무대를 준비하기로 마음먹기는 했지만, 그래도 전보다 더 좋은 무대를 보여줘야겠다는 압박감은 여전했다.

"회의 끝에 나온 제안이 있습니다. 건우 씨만 괜찮으시다면 탈락이 아닌 명예 졸업 형태로 하차하시는 겁니다."

"명예 졸업이요?"

"네, 7연승을 하면 정체를 공개하고 명예 졸업하시는 겁니다. 특별 제작한 트로피도 드리고요. 명예 전당에 가면과 함께 사진을 올려드리려고 합니다. 5연승 이상만 등록 가능한 곳으로 할 생각입니다. 물론 건우 씨가 거절하시면 그냥 그대로 가겠습니다."

명예 졸업.

꽤 괜찮게 들렸다. 일단 자연스럽게 하차할 수 있는 명분이
생긴다는 점이 좋았다. 무엇보다 명예롭게 퇴장할 수 있었다.

누군가에게 져서 하차한다면 몸과 마음은 편해지겠지만 찜
찜한 구석이 많았다. 명예 졸업이 생긴다면 목표 의식도 확실
해져 의욕이 더 날 것 같았다.

"좋은 생각인 것 같습니다. 그 전에 탈락하면 아쉽겠네요."

"하하, 네. 절대 쉬운 일이 아니지요."

건우는 한시름 덜었다. 7연승을 한다고 가정해 봤을 때 드
라마 촬영 중이기는 하지만 극초반에 하차할 수 있었다. 해외
촬영도 있을 예정이라 곤란한 점이 많았는데, 좋은 소식이었
다. 물론 명예 졸업을 한다는 가정하에 말이다.

'반드시 해야겠어.'

건우의 눈빛에서 의욕이 솟아나기 시작했다.

명예 졸업, 그것은 건우의 새로운 목표가 되었다.

＊　　　　　＊　　　　　＊

요즘 가장 화제를 모으고 있는 예능 프로 마스크 싱어가
파격적인 발표를 했다.

명예 졸업!

제작진 측에서는 가수의 컨디션과 몸 상태를 위한 특단의 조치라고 발표를 했다. 그러자 많은 반응이 있었다. 황금태양이 과연 계속해서 승리해 명예 졸업을 할 수 있느냐가 최대의 관심이 되었다.

명예 졸업이라는 제도에 칭찬을 하는 이들이 많았다. 프로그램에 새로운 활력을 불어넣는다는 측면이 있었고, 참가자들의 목표가 확실히 생겨 좀 더 피 튀기는 경쟁이 될 거라는 예측도 있었다.

반짝반짝 황금태양의 팬클럽인 '해바라기'는 연승 속에서 무리가 갈 수 있는 황금태양의 몸 상태를 걱정했는데 명예 졸업 소식이 들리자 바로 찬성하는 댓글들을 올렸다.

태양신숭배해: 황금태양님의 정체가 밝혀지면 분명 발칵 뒤집힐 듯. 진짜 가창력 원탑인데ㅋㅋ.

오바야오바: 진짜 이런 가수를 모르고 있었던 건 우리가 반성해야 함.

비빔: 누구냐 진짜ㅋㅋ. 연배가 좀 있을 듯?

건우는 요즘 반응을 보는 것에 재미가 들었다. 요즘 황금태양의 여파로 안티도 생겨서 자신을 욕하는 이들도 꽤 있었지만 그다지 마음이 상하거나 하지는 않았다. 그런 욕으로 타격을 받기에는 건우의 정신이 너무 굳건했다.

건우가 순조롭게 5연승이라는 금자탑을 쌓고 난 후, 드디어 드라마가 제작되는 것을 알리는 제작 발표회가 있는 날이 찾아왔다. 건우에게는 무척이나 중요한 자리였다. 주연으로서 당당히 자신의 존재를 알리는 자리였기 때문이다.

건우의 캐스팅을 두고 논란이 꽤 있었는데, 짧은 연기 경력, 그리고 짧은 시간을 두고 연이은 드라마 출연을 문제 삼아 걸고넘어지는 기자들이 있었다. 누군가의 사주를 받은 냄새가 나기는 했지만 아무튼 그런 것에 대해서도 입장을 밝혀야 했다.

건우는 아침부터 전체적으로 스타일링을 받은 다음 제작 발표회가 있을 강남의 뷰티스트라는 건물로 향했다.

평소에는 웨딩홀로 쓰였지만 거대한 홀이 구비가 되어 있어 종종 이렇게 제작 발표회 장소로 쓰이기도 했다. 그러한 경험이 많다 보니 섭외도 편했고 일처리도 빠른 편이었다.

건우는 늘 그렇듯 제일 먼저 도착했다. 기자들은 이미 도착해 홀 안에서 준비를 하고 있다고 한다. 건우는 현장 스태프들의 안내를 받아 준비된 대기실에 들어갔다. 승엽은 대기실 밖에서 기다리기로 했다.

건우는 첫 제작 발표회다 보니 외모와 옷차림에 신경을 많이 썼다. 기사로 나갈 것이 뻔했고 제작 발표회의 풀 영상이 동영상 스트리밍 사이트를 통해 공개가 되기 때문이었다. 제작 발표회의 목적에는 홍보가 큰 자리를 차지하고 있으므로 당연한 일이었다.

'괜찮군.'

건우는 대기실에 있는 대형 거울을 보며 그렇게 생각했다.

건우의 옷차림은 드라마 배역에 딱 맞는 스타일이었다.

슈트 차림이었지만 목폴라를 곁들어 입어 딱딱한 느낌은 들지 않았다. 그 위에 코트를 걸쳤다. 비율이 워낙 좋다 보니 어떤 옷을 입어도 잘 어울렸지만 이번에는 본인 스스로도 만족스러웠다.

협찬받은 옷도 있었고 스타일리스트가 직접 공수해 온 옷도 있었다. 코트 같은 경우는 고가에 속했다. 옷차림에서부터 YS에서 얼마나 건우를 신경 쓰고 있는지 알려주었다.

건우의 분위기는 평소와 달랐다. 평소에는 남들을 편안하게 해주는 분위기가 흘렀다면 지금은 날이 선 듯한 차가운 분위기였다. 대본 리딩 후에도 밤새워 배역을 연구하다 보니 아직 잔여 감정이 남아 있어서였다.

배역에 빨려 들어간 듯한 체험을 해본 것은 이번이 처음이었다. 배우들 사이에 종종 심하게 배역에 몰두한 것이 문제가 된다고 하는데 건우는 거의 빙의 수준이었다.

잠시 의자에 앉아 정신을 깨끗하게 비운 후에야 평소의 모습으로 돌아왔다.

"건우야~, 건우건우, 건우야~"

"선배님, 안녕하세요?"

"오올! 오늘 너무 멋지다. 동진 선배가 아주 죽겠는데?"

지윤의 눈이 반짝반짝 빛났다. 건우의 주위를 한 바퀴 돌고는 감탄을 내뱉었다. 지윤의 그런 말은 절대 립 서비스가 아니었다. 자체 발광이라는 말은 건우를 두고 하는 말 같았다.

지윤은 인터넷에 떠돌아다니는 말이 떠올랐다.

'뭐라더라… 아! 1갓 4인 체제라고 했었지?'

대한민국 미남 체제였다. 처음 봤을 때는 그러려니 했지만 지금 보니 그 말은 일리가 있었다. 실제로 만나기 전에, 건우를 사진으로 봤을 때도 참 잘났다고 생각했는데, 사진은 역시 건우의 실물을 다 보여주기에는 무리가 있는 것 같았다. 지윤은 눈이 맑아지는 느낌에 괜히 기분이 좋아졌다.

잠시 기다리자 김동진과 작가, 그리고 황기찬 PD가 도착했다. 이번 제작 발표회에 참여하는 모든 이가 모인 것이다.

건우는 반갑게 인사를 나눴다. 이제는 꽤 친해져서 어색함은 전혀 없었다. 김동진이 건우의 어깨를 두드리며 건우를 바라보았다.

"너무 힘준 거 아니냐? 나 집에 가도 돼? 네 옆에 있기 무섭다. 웅? 이야, 건우 몸이 아주 단단해. 무슨 돌 같은데… 음?
너 축구 잘하니?"

"하하… 군대에서 조금 했어요."

"그으래? 주말에 어때? 우리 축구팀에 들어와라."

동진이 살짝 웃음을 흘리며 말했다.

김동진은 연예인 축구단에서 뛰고 있었다. 건우가 무술이
뛰어나다는 것은 소문으로 들어 알고 있었다. 아주 탐나는
스카우트 대상이었다.

지윤이 고개를 설레·저으며 그런 김동진을 바라보았다.

"동진 선배가 오히려 너무 평범한 거 아냐?"

"와… 너무한다. 오랜만에 샵에 갔다 왔는데… 야, 나도 왕
년에 장난 아니었어. 건우가 너무 잘난 거야."

지윤의 말에도 김동진은 기분 나쁜 기색이 없었다. 이미 인
정하고 있었고 이번 드라마의 성패는 건우에게 달린 것과 마
찬가지였기 때문이다. 오랜만에 복귀한 드라마를 성공으로 이
끌어줄 비주얼이니 김동진의 눈에는 건우가 무척이나 예뻐 보
였다. 그리고 건우와의 나이 차이가 띠동갑이나 되니 애초부
터 비교 대상이 아니라고 생각했다.

게다가 그런 걸로 기분이 나빴다면 충무로에서 살아남을
수 없었을 것이다.

제작 발표회의 사회를 맡은 이는 건우도 알고 있는 개그우

먼 이슬이었다. 이슬이 대기실에 찾아와 인사를 나누었다.

잠시 이야기를 나누며 기다리자 제작 발표회가 시작되었다. 제일 처음 순서는 배역을 소개하며 기자들에게 사진을 찍을 수 있게 포즈를 취하는 것이었다.

제일 먼저 건우가 입장을 해야 했다. 데뷔한 지 얼마 되지 않은 신인이라 부담스러울 법도 했지만 건우는 그런 기색이 없었다.

건우는 긴 숨을 내쉬며 기세를 정리했다. 무리하게 힘을 주지는 않을 생각이었다. 편안한 분위기를 가지는 것이 더 도움이 될 것 같았다. 좋은 인상을 심어주는 것이 중요했다.

"네, 이건우 씨를 모시겠습니다. 이건우 씨는 드라마 '별을 그리워하는 용'에서 인간으로 현신한 아주 잘생긴 이무기 역을 맡으셨습니다."

건우가 입장했다. 건우가 나타나는 순간 카메라 플래시가 마구 터졌다. 연기대상 시상식 때보다 훨씬 많이 플래시가 터져 나왔다.

"단상 위 포토 라인에 서주세요."

이슬의 안내에 건우는 입가에 살짝 미소를 지으며 단상 위로 올라갔다. 생각보다 많은 기자들이 와 있었다. 건우는 이렇게 많은 카메라를 보는 것은 처음이었다. 팬미팅 때도 카메라가 있기는 했지만 대부분이 스마트폰이었다.

그러나 기자들의 카메라는 마치 대포가 모여 있는 것 같은 느낌이었다.

이슬이 밝은 분위기로 건우에게 포즈를 부탁했다. 건우는 몸을 돌려가며 포즈를 취했다. 화보 촬영을 한 경험이 있어 어색하지는 않았다.

그 다음으로 지윤과 동진이 순서대로 소개가 되었다. 건우는 잠시 밑으로 내려갔다가 지윤과 다시 올라왔다.

"정말 훈훈한 커플입니다. 극중 몇 백 년간 이어진 사랑을 하는 커플다운 모습이네요. 조금 더 가까이 붙어주세요."

건우가 지윤의 어깨를 감쌌다. 이런 경험은 지윤이 훨씬 많았지만 오히려 건우가 지윤을 리드하고 있었다. 지윤도 금세 건우에게 기대며 다정한 분위기를 연출했다.

그야말로 한 폭의 그림과도 같은 광경이었다. 지윤과 함께 밑으로 내려가려 했지만 이슬이 잠시 남아줄 것을 부탁했다. 김동진이 올라오며 건우의 옆에 섰다.

"대한민국의 대표적인 미남 커플입니다. 캐스팅이 소개되자 마자 인터넷을 아주 뜨겁게 달구었죠? 다정하게 포즈 부탁드 립니다."

김동진이 피식 웃으며 건우가 지윤에게 했던 것처럼 건우의 어깨를 감쌌다. 그러나 건우가 키가 더 커서 조금은 이상한 포즈가 되었다. 기자들이 웃음을 터뜨렸다.

분위기가 확 풀린 느낌이 들었다.

김동진은 평균 키보다 약간 더 큰 키였지만 건우는 모델 수준이었다. 180대 후반의 키였다. 원래도 큰 편이었지만 무공을 익히며 더 커진 감이 있었다.

김동진도 건우의 옆에서 나름 선방했다.

건우의 옆에 있어도 그나마 오징어로 변하지 않은 것은 김동진이었기에 가능한 일이었다. 건우와는 다른 중후하고 거친 매력이 존재했다. 마지막으로 단체샷을 찍고 마련되어 있는 자리에 착석했다. 최민성 PD와 이선 작가 역시 자리했다.

가볍게 자기소개를 한 뒤 질의응답 시간을 가졌다. 역시나 가장 주목을 받고 있는 것은 건우였다. 데뷔한 지 얼마 되지도 않은 이건우라는 배우가 단번에 주연 자리를 꿰찼으니 화제가 되는 것은 당연했다.

"안녕하세요? 전 한준 일보의 강연주 기자인데요. 감독님과 작가님께 질문을 드리고 싶습니다. 조금 껄끄러운 질문일 수도 있는데 양해 부탁드립니다."

꽤 날카로운 인상을 지닌 여기자가 마이크를 잡고는 그렇게 말했다.

"이건우 씨가 달빛 호수에서 아주 인상적인 연기를 보여주었지만 신인 배우인 것은 틀림없는 사실인데요. 어떻게 합류하게 되었는지, 또 캐스팅의 이유가 궁금합니다."

날카로운 질문이었다. 먼저 최민성 PD가 마이크를 잡았다.

"사실 고민할 것도 없이 바로 제의를 했습니다. 시나리오를 받았을 때부터 떠오른 배우는 건우 씨였구요. 처음 제의가 오 갈 때까지만 해도 가장 유력한 후보였지만 우리 건우 씨와 미 팅을 하자마자 그 자리에서 말했습니다. 건우 씨 아니면 이 작품 안 한다고요."

"기획 단계부터 건우 씨를 염두에 두고 쓴 시나리오에요. 제가 한 달 내내 연락을 했습니다. 덕분에 건우 씨는 드라마 가 끝난 지 얼마 되지도 않았는데 쉬지도 못하고 여기에 자리 하게 되었습니다."

이선 작가가 최민성 PD의 대답 뒤에 이어 말했다. 건우가 미소를 머금으며 편안한 기운을 뿜고 있어서 딱딱한 분위기 는 이어지지 않았다.

건우에게 연락이 온 것은 사실이었다. 그러나 한 달 내내 연락을 했다는 것은 건우를 띄워주기 위한 멘트였다.

건우는 출연료와 시나리오를 보자마자 바로 승낙했기 때문 이다. 석준이 제작진 측과 어느 정도 밀당을 한 사정이 있었 지만 건우는 승낙 의사만 밝혔을 뿐이었다.

"네, 데일리스타의 이인성 기자입니다. 이건우 씨가 많은 부 담을 가지고 있을 거라 생각하는데요. 기대도 많이 받고 있지 만 그만큼 우려도 있습니다. 경쟁작의 라인업이 워낙 좋기도 하구요. 실제로 어떤 심정이신지 궁금합니다."

건우가 마이크를 들었다. 건우도 기사를 읽어봐 잘 알고 있었다. 호의적인 기사도 많았지만 우려 섞인 시선으로 보는 기사도 많았다.

"일단 동진 선배님, 지윤 선배님과 같이 연기를 할 수 있다는 것이 정말 기쁩니다. 얼마 전까지만 해도 꿈에서나 가능한 일이라 생각했거든요. 이 자리에서 이렇게 기자님의 질문을 받고 있는 것도 조금 얼떨떨합니다."

건우가 살짝 웃음을 뱉었다가 잠시 말을 멈췄다. 웃음을 지우고 진중한 표정으로 기자들을 바라보았다.

"실망시켜 드리지 않을 자신이 있습니다. 좋은 작품끼리 선의의 경쟁을 했으면 합니다. 논란이 있는 부분은 제가 스스로 증명해 보이겠습니다."

자신감 있게 나가기로 했다. 건우는 주인공이었다. 그런 그가 소극적인 자세를 취하는 것은 제작진, 그리고 출연 배우들에 대한 모독이었다. 게다가 건우의 육체는 완성 단계에 있기 때문에 자신감이 과하지만 않다면 호감을 불러일으킬 수 있을 것이다.

물론, 경쟁작은 만만치 않았다. 중국에서 대규모 투자를 받아 대단히 큰 스케일로 제작된다고 한다.

한국 시장에서의 성공은 이미 당연시되고 있었고 해외 진출을 바라보고 있었다. 그에 비해 건우가 출연하는 작품은 파격적인 실험작이었다. 걸출한 스타 작가와 연출 감독이 참여하기는 하지만 장르가 국내에서는 아직까지는 생소한 판타지 드라마였다. 달빛 호수가 성공하지 않았다면 시놉시스 단계에서 폐기되었을지도 몰랐다.

건우가 그렇게 확답을 하자 기자들은 고개를 끄덕였다.

편한 분위기 속에서 질의응답이 이어졌다. 건우는 처음부터 끝까지 기자들을 휘어잡았다. 날카로운 질문에는 미소와 여유로 답했고 조금 가벼운 질문에는 의외로 진지한 태도를 보여주기도 했다. 곁에서 지켜보는 지윤과 동진이 건우의 그런 밀고 당기는 스킬에 살짝 놀랄 정도였다.

김동진과 지윤도 건우보다는 아니지만 많은 질문을 받았다. 건우가 앞서서 논란에 관한 것들을 모두 답변한 덕분에 딱딱한 질문은 없었다.

제작 발표회답게 드라마의 내용이나 주인공에 대한 궁금증이 이어졌다.

"중심일보의 연예부 기자 김미수입니다. 이선 작가님께 묻고 싶습니다. 주인공이 이무기라는 독특한 설정인데요. 조금 더 설명해 주실 수 있나요? 그리고 이런 장르의 드라마는 나오는 족족 성적이 저조한데, 어떻게 생각하시나요?"

"네, 옛사랑을 그리워하며 몇백 년을 살아온 이무기입니다. 사랑 때문에 미련이 남아 용이 되지 못했지요. 그 사랑을 원망도 하고 아주 많이 그리워합니다. 대단히 매력적인 캐릭터가 될 것입니다. 그리고 두 번째 질문에 대해서는… 음, 이번 작품 이후로 아마 판타지 장르가 대세가 되지 않을까 조심스럽게 예상해 봅니다."

이선 작가는 이번 작품 이후로 판타지 장르가 대세가 될 것이라 말했다. 건우는 이선 작가의 말에 고개를 끄덕였다.

'경쟁작이 너무 무난하기는 하지.'

건우도 검토해 본 작품이었다. 그러나 워낙 투자받은 금액이 많다 보니 투자처에서 내부 간섭이 심했다. 무난하게 성공할 만한 시나리오였다.

그러나 일단 건우가 보기에는 별로 특별한 점이 없었다.

액션도 있고 멜로도 있지만 그게 전부였다.

잘난 주인공이 등장해서 여주를 좋아하고 사랑하고 아웅다웅하는 드라마였다. 주인공이 모두 돈이 억수로 많다는 것이 유일한 공통점이었다. 일단 고려는 해봤지만 따로 배역에 대해 오디션을 봐야 했고, 마침 이선 작가에게 직접 연락이 오기도 해서 일찌감치 마음을 접었다. 그런데 이진국이 주연으로 들어가고 동시간대에 편성될 확률이 굉장히 높다고 하니 신경이 쓰이기는 했다.

아직 드라마가 방영되지 않았지만 마케팅 측면에서는 확실히 밀리고 있었다.

그럼에도 불구하고 건우는 전력을 다해 이 드라마를 성공시켜 보일 작정이었다.

"시간 관계상 여기서 마무리하도록 하겠습니다."

어느 정도의 시간이 흐른 뒤 이슬의 마무리 멘트로 한 시간가량 이어진 제작 발표회가 마무리되었다. 건우는 이제 뭔가 제대로 첫발을 내딛은 기분이 들었다. 제작 발표회가 끝나고 가볍게 회식이 있을 거라 했지만 건우는 참여할 수가 없었다. 바로 양해를 구하고 차에 올랐다. 대기하고 있던 승엽이 피로회복제를 건네며 운전대를 잡았다.

당분간 마스크 싱어의 연습 때문에 쉴 수가 없었다. 이제 드라마 촬영에 들어가니 무리해서라도 노래 연습을 앞당겨야 했다.

제작진 측에서는 녹화일 이외에는 전부 건우를 배려해 줘서 다행히 스케줄이 겹치거나 하지는 않았다.

어마어마한 화제를 몰고 있는 황금태양의 특권이었다.

명예 졸업이 발표되면서 더욱 인기가 올라간 마스크 싱어였기에 건우를 더욱 배려해 주었다.

'바쁘네.'

쉬는 날이 없었다.

드라마에 들어가게 되면 잠을 거의 자지 못할 것이다. 정신적으로 살짝 피곤하기는 하지만 힘들다는 생각은 전혀 들지 않았다. 오히려 충만하게 기쁨이 차올랐다. 곧 어머니께 집을 마련해 드릴 돈이 모이기 때문이었다.

'고민이던 부분도 해결되었으니……'

모든 준비는 갖춰져 있었다.

황금태양의 인지도, 그리고 곧 촬영에 들어가는 드라마.

그것이 한 번에 터져 나왔을 때의 시너지는 견우가 감히 예상하기 힘들었다.

지금까지의 인생에서 가장 화려하게 날아오를 순간만을 앞두고 있었다.

성공할 일만 남았다는 말이었다.

6. 드라마 촬영

이런저런 논란 속에서 드디어 '별을 그리워하는 용'의 촬영
이 시작되었다. 경쟁 드라마도 촬영에 들어갔지만 황금태양의
논란 덕분에 '별을 그리워하는 용'이 더욱 주목을 받고 있었
다. 그게 분했는지 경쟁작 드라마에 출연한 조연이 SNS를 남
긴 것도 논란을 점화시키고 있었다.

　이번에 처음으로 연기에 도전하는 남자 아이돌이었다. 한
국인이 아니라 중국인이었는데, 중국을 염두에 두고 캐스팅한
것이었다. 당연히 한국에서 활동해서 한국말을 잘했다.

[류웨이]

진짜 졸렬하다. 논란에 대한 말도 안 하고…….

아니라고 해명해도 모자를 판에…….

논란을 이용해서 광고하는 거야? 그건 팬들에 대한 모독이지. 지금의 태도가 옳은지 결과가 증명해 줄 것이다.

정의는 승리한다!

(황금태양 사진 첨부)

#황금태양 만세 #해바라기 #가창력 원탑

좋아요 2,312 싫어요 5,677

댓글 1,7302

liwei: 건빠들 진짜 노답.

민우: 해명하세요. 이건우에게 진실을 요구합니다.

Alice: 아니, 지네가 의혹 만들어놓고 이건우한테 해명하라네. 미친 거 아님?

ㅡRE: Kim A: 공인이잖아요. 치사하게 입 다물고 있으니까 이러는 거죠. 이건우 씨가 황금태양 덕분에 이득 본 건 팩트입니다.

ㅡRE: Alice: @Kim A, 뭔 개소리야. 이미지만 나빠지고 있는데. 너네 골빠 새끼들이 존나 활개 치는 거 모름?

ㅡRE: liwei: @Alice 건빠 ㅂㄷㅂㄷ오지구여~ㅋㅋ.

류웨이의 그런 발언은 이건우를 저격한 것이 누가 보더라도 확실했다.

심지어 저 글 다음에 자신은 잘못이 없고 떳떳하게 의견을 말한 것뿐이라고 글을 올려 더욱 난장판을 만들었다.

건우의 팬들은 난리가 났다.

팬들은 어째서 황금태양이 건우가 아니냐는 의혹이 나왔던 것을 건우의 잘못으로 몰고 가는지 도저히 이해할 수가 없었다. 애초에 건우는 어떤 잘못도 하지 않았고 네티즌들이 멋대로 의혹을 제시하더니 지들끼리 치고 박고 싸운 것이다.

황금태양의 팬들이 가세하기 시작하더니, 이간질과 비방을 서슴지 않았다. 그러던 차에 류웨이의 글이 기폭제가 되어버렸다.

<류웨이, 이건우를 디스? 단지 의견일 뿐>
<왜 이건우는 침묵하는가>
<무대응과 옹졸 사이에 놓인 논란>
<류웨이, 알고 보니 명문대 졸업자?>

연예부 기자들이 신나서 기사를 작성했다. 기사 제목과 내용은 대부분 조회 수를 노리고 자극적으로 작성되었다. 심지어 고등학교를 자퇴한 건우의 이력에 대해서 비방하는 기사까

지 나올 정도였다. 이게 기사인지 그냥 안티의 잡글인지 모를 정도였다. 건우를 그저 관심종자로 표현한 기사도 있었다.

이런 논란거리는 그들에게 있어서 아주 먹음직한 먹이일 뿐이었다. 이때다 싶어 인지도를 올리기 위해 숟가락을 얹는 몇몇 연예인도 있었다.

YS 측에서는 대응을 전혀 하고 있지 않았다. YS 내부에서도 대응을 해야 한다는 말이 나오고 있었지만 석준은 그저 조금 더 기다려 보자는 말만 할 뿐이었다.

당연했다. 건우가 바로 황금태양이었으니 말이다. 석준은 겉으로는 안 좋은 표정을 연기했지만 속으로는 환호성을 지르고 있었다. 논란이 심해지면 심해질수록 나중에 정체가 공개되었을 때의 파장은 배가 될 것이다. 이 논란을 만든 자에게 트로피라도 만들어주고 싶은 석준이었다.

—진희 누나: 건우야, 신경 쓰지 마. 그런 놈들은 네가 뭘 해도 욕해.

—건우: 알았음.

—진희 누나: 힘내구, 나중에 술 한잔하자~

—건우: ㅇㅋ.

—리온: 후배님, 모두 고소해 버리세요! 법의 무서움을 보여줘야 합니다. 제가 도와드리겠습니다. 한때 제가 고소로 유명했거든요.

—건우: 그건 좀······.

—리온: 걱정하지 마세요, 후배님. 제가 캡처해서 모두 모아놓았습니다.

—석준: 건우야, 그야말로 진짜 요즘 말로 꿀잼이구나. 그놈들이 나중에 어떻게 될지 아주 궁금해. 네 덕분에 내가 웃고 산다.

—건우: ㅋㅋㅋ굿.

진희와 리온, 석준 뿐만 아니라 고인숙 작가나 최운식에게까지 위로와 응원을 받았다. 건우는 그런 그들의 마음이 너무나 고마웠다.

건우는 이런 사람이야말로 최고의 보물이라고 생각했다.

당연히 건우는 전혀 힘들지 않았다. 힘들 이유가 없었다. 오히려 공개될 때의 짜릿한 반전을 기대하고 있었다. 다만, 마음에 걸리는 존재는 어머니였다. 어머니께는 말씀드리고 싶었지만 친인척에게도 알리지 말라고 당부를 받았기에 건우는 입을 닫고 있었다. 어머니께서 마음고생을 하실 것이 뻔했지만, 지금은 통화를 자주해서 아무렇지 않은 척 안심시켜 드리는 방법밖에 없었다.

아무튼 더욱 논란이 심해지고 있는 가운데, 건우는 드라마 촬영을 하기 위해 송도 국제도시에 와 있었다. 촬영 협조를 받아 나스코 타워에서 촬영이 있을 예정이었다. 쌍둥이 건물

형태로 솟아 있는 건물은 딱 봐도 대기업을 상징하는 것처럼 보였다.

오가는 시민들을 통제하고 촬영 준비에 한창이었다. 드라마 촬영을 구경하러 온 사람들이 많았는데, 먼 곳에서 온 건우의 팬들도 있었다.

건우 역시 준비를 하고 있었다. 건우의 주변에 세 명이 붙어서 머리와 화장, 그리고 복장을 점검해 주고 있었다. 입고 있는 옷은 명품 정장이었는데, 안타깝지만 그렇게 명품 느낌은 나지 않았다.

어떤 옷을 입어도 건우는 건우일 뿐이었다. 나쁜 의미로든, 좋은 의미로든 말이다.

"눈 호강을 다 하고 좋다. 정화된다~"

"그래요?"

"너 잘난 건 알고 있지?"

"뭐… 그렇죠."

지윤이 대본을 들고 건우의 옆으로 다가왔다. 지윤의 눈빛은 유난히 반짝였다. 건우는 피식 웃었다. 지윤의 차림은 고급스러움과는 차이가 있었지만 타고난 미모로 커버하고 있었다. 그도 그럴 것이 지윤은 건우가 소유한 그룹에 면접을 보러온 백수였다.

그것도 면접에서 처참하게 떨어질 예정이었다.

"건우야, 네 팬들이 많이 있던데. 봤어?"

"네, 가보려구요."

"그래, 팬이 재산이야. 잘 챙겨야 해."

건우는 고개를 끄덕였다. 건우는 대사를 떠올리며 집중을 하기 시작해 차가운 표정이었다. 지윤이 조금은 걱정스러운 표정으로 건우를 바라보았다.

지윤도 논란이 처음 일어날 때는 웃어넘기며 장난스럽게 물었지만 지금은 아니었다. 건우가 마녀사냥을 당하다시피 욕을 먹는 것을 알고 있었다.

"요즘 힘들지? 시간 지나면 잠잠해질 거야. 나도 엄청 논란에 휩싸였었는데, 시간이 지나니 아무것도 아니게 되더라."

"고마워요. 전 괜찮아요."

"의젓하네. 동진 오빠보다 더 오빠 같은데?"

"선배님, 선배님이랑 저랑 다섯 살 차이입니다."

"윽… 난 동안이라 괜찮지."

건우가 살짝 미소를 짓자 지윤은 안심한 듯 웃었다. 지윤은 건우를 빤히 바라보았다. 건우가 차가운 표정이었다가 환한 미소를 지으니 한층 더 매력이 빛나는 것 같았다.

건우는 최민성 PD와 스태프들에게 양해를 구한 뒤, 팬들에게 다가갔다.

촬영 준비 중이라 시간이 있었기에 최민성 PD는 흔쾌히 허

락했다. 건우가 팬들에게 다가가서 좋은 이미지를 쌓는다면
작품에도 득이 되었다.

건우에게 닥친 논란은 최민성 PD 입장에서는 호재였다. 건
우의 이미지가 나빠지고 있기는 하지만 어쨌든 이번 드라마에
대한 이야기가 꾸준히 언급되고 있었기 때문이다. 의도치 않
은 노이즈 마케팅이었다.

건우는 팬들에게 다가갔다. 팬들의 숫자는 꽤 많았다. 건우
가 다가오자 팬들은 굉장히 기뻐했다.

건우의 눈부신 모습에 황홀해하는 표정을 짓는 팬들도 있
었다.

"멋져요!"

"잘생겼어요!"

"감사합니다."

건우가 제일 많이 듣는 말이었다. 건우는 팬들에게 일일이
사인을 해주었다. 어려보이는 소녀 팬이 건우에게 핸드폰을
꺼내며 건우를 수줍은 표정으로 바라보았다.

"사진 찍어도 되요?"

"네, 같이 찍어요."

건우가 핸드폰을 받고 팬과 바짝 붙어 사진을 찍어주었다.
건우가 가까이 붙자 팬은 거의 기절하기 일보직전이었다.

"힘내세요!"

"화이팅!"

"이거 받으세요!"

팬들이 건우에게 힘내라고 말하며 가지고 온 선물을 한 보따리 건네주었다. 모두 먹을 것이었는데, 초콜릿과 빵, 그리고 고급스러운 과자였다.

스태프들과 나눠 먹으라고 대단히 많은 양을 가지고 온 것이었다.

건우는 감동을 받을 수밖에 없었다. 팬들의 순수한 마음이 느껴지니 그 감동이 더했다.

건우가 해줄 수 있는 일은 환하게 웃으며 고맙다고 말해주는 것뿐이었다.

건우가 환하게 웃자 팬들은 모두 기뻐했다.

"저 별로 안 힘들어요. 잘 먹을게요. 정말 고마워요."

"언제나 응원할게요!"

"최고미남 건우주신 화이팅!"

건우는 팬들과 잠시 이야기를 나누다가 다시 촬영장으로 돌아왔다. 배우와 스태프들에게 팬들에게 받은 것들을 나눠주었다. 건우는 단역배우뿐만 아니라 보조 출연들도 모두 챙겨주었다. 양이 상당히 많았기에 모두 하나씩은 나눠먹을 수 있었다.

지윤과 동진이 유난히 좋아했다. 물끄러미 지켜보던 권호준

역시 초콜릿을 받자 아이처럼 웃었다. 건우는 그 미소가 참 사람이 좋아 보인다고 생각했다.

"어이쿠, 이거 아버님 덕분에 입이 호강합니다."

권호준은 부드러운 미소를 지으며 건우에게 받은 초콜릿을 입에 털어 넣었다.

쉰을 넘어서는 나이였지만 귀여운 미소 덕분에 개구쟁이로 보이는 얼굴이었다. 때문에 악역보다는 선역을 많이 했던 배우이기도 했다.

권호준은 드라마의 감초 역할을 하는 조연이니만큼 가까워질 필요가 있었다. 존경할 만한 선배이기도 했다.

건우는 권호준과 촬영 전에 대사를 맞춰봤다. 건우의 적극적인 태도가 마음에 들었는지 그도 적극적으로 건우에게 맞춰주었다.

"선생님, 말 놓으세요."

"그래, 그러자. 근데 선생님은 무슨, 그냥 선배라 불러라."

"알겠습니다, 선배님."

"허허, 그건 그렇고 내가 따라가기도 힘들구만. 그런데 뭔가 에너지라고 할까, 기운이라고 할까, 너랑 있으면 그런 게 끓어오르는 것 같단 말이지. 젊어진 기분이야. 허허허."

"과찬이십니다, 선배님. 저도 그런 기운이 팍팍 오는 것 같아요."

권호준의 말에 건우는 살짝 웃으며 그렇게 대답했다. 촬영 준비가 순조롭게 착착 진행되었다. 엑스트라 반장과 보조 출연자들이 보였다.

보조 출연자들을 보니 예전 생각이 났다.

촬영 현장에서 무한 대기하는 그들이야말로 진짜 고생이 많았다. 다행히 완연한 봄 날씨라 촬영하기에는 최고의 날이었다.

최민성 PD가 간단히 촬영 동선에 대해 설명했다. 건우는 스케줄 표를 보며 고개를 끄덕였다.

'오늘과 내일, 하루 종일 촬영이네.'

스튜디오 녹화도 이번 주에 있었다.

그리고 마스크 싱어의 녹화도 이번 주였다. 스케줄이 겹치지 않아 다행이었다. 그리고 다음 주에는 해외 촬영이 잡혀 있었다.

촬영 순서와 드라마에서 전개되는 사건의 순서는 달랐다. 가장 먼저 찍을 수 있는 것 위주로 섞어서 찍었다. 그렇기 때문에 몰입이 어려울 수 있지만 연기자라면 그것을 당연히 극복해야 했다.

'좋아, 준비하자.'

건우는 집중하며 배역에 몰입하기 시작했다. 건우는 주인공 '이신성'에 대한 연구를 하기 위해 시간을 아끼지 않았다. 여러 명배우들의 연기와 감정을 분석하며 독창적으로 해석했다. 배역에 대한 연구를 계속했기에 건우의 몰입은 대단히 빨랐다.

순식간에 그 인물에 빙의하듯 몰입이 되었다. 건우가 등장하는 신이 먼저였다. 가장 공들이는 장면이니 많은 시간이 배정되었다.

"너무 그렇게 정렬해서 서 있지 마요!"

"움직여요! 움직여! 한 번 더 연습해 봅시다."

스태프들이 살짝 얼어 있는 보조 출연자들에게 그렇게 말했다.

이번에 동원된 보조 출연자들은 대부분 여자였다. 알바로 온 이들도 많았고 배우 지망생들도 꽤 있었다.

극중 이신성은 실질적으로는 대원 그룹을 지배하고 있는 흑막이었다.

표면적으로는 대원 그룹 대표의 아들로 알려져 있었고 대외적인 직급은 본부장이었다. 재벌 2세라는 표면적인 신분도 우월했지만 본래 이신성은 미국의 자본까지도 아우르고 있는 사기적인 존재였다.

"좋아요. 이제 시작입니다. 힘내봅시다."

최민성 PD가 그렇게 말하고 드디어 본격적으로 촬영에 들어갔다.

건우는 이미 준비가 되어 있었다. 분위기 자체가 완전히 달라져 있어 지켜보던 지윤이 눈을 동그랗게 뜰 정도였다. 대본 리딩 때보다도 더 강렬한 분위기를 풍기고 있었다.

아직 카메라가 돌지 않는데도 표정과 몸짓 모두 그녀가 알던 건우와는 완전히 달라 보였다.

큐 사인이 떨어지자 건우가 걸음을 옮겼다. 머리부터 발끝까지 귀티가 좔좔 흘렀고 걸음걸이에서도 일반인들과는 다른 어떠한 힘이 있었다. 보는 것만으로도 찍어 눌리는 듯한 느낌이 들 정도였다.

세상은 그를 중심으로 돌고 있었다.

빌딩의 커다란 홀, 매끄러운 바닥 그리고 투명한 유리창으로 들어오는 햇빛 모두가 건우를 위해 만들어진 것 같았다. 건우가 홀을 가로질러 가며 사원들의 정중한 인사를 받는 장면까지 이어졌다.

스튜디오가 아닌 야외촬영 특성상 여러 번 나눠 찍었지만 호흡은 깨지지 않았고 물 흐르듯 자연스럽게 이어졌다. 최민성 PD가 흡족한 미소를 짓고 있었고, 촬영 현장을 방문한 이선 작가 역시 감탄하기 바빴다. 자신이 생각한 장면 이상이었기 때문이다.

"보, 본부장님. 나, 나오셨……."

"아……."

"컷! NG!"

단역배우가 건우의 기세에 눌려 말을 더듬었다. 진짜 상위의 존재를 대하는 것 같은 느낌에 얼어붙은 것이다. 젊은 단역배우는 권호준이나 다른 주조연 배우처럼 연기의 깊이가 낮아 건우와 동조할 수 없었다.

최민성 PD가 단역배우들을 바라보았다.

"음, 표정은 좋았는데, 그… 대사를 씹으면 안 되죠. 다시 갑시다."

"네! 죄송합니다! 잘하겠습니다!"

건우는 예전 같았으면 단역배우를 배려해 줬겠지만 지금은 아니었다.

내공 수위를 낮추거나 기세를 줄이고 싶지 않았다. 배역에 푹 빠져 완전히 빙의한 상태였다.

지금이 딱 좋았다. 이 이상 깊이 들어간다면 무아지경 상태가 되어버릴 테지만 지금은 의식을 뚜렷하게 지배하고 있었다.

건우는 지금의 집중을 깨고 싶지 않았다. 다시 이만큼 몰입하려 한다면 건우라 할지라도 시간이 필요했다.

'별을 그리워하는 용'의 가장 중요한 주인공이니 무조건 최선을 다해야 했다.

건우는 모든 힘을 다하여 이 드라마를 성공시킬 작정이었다.

다시 촬영이 시작되었다. 점점 건우에게 적응한 단역배우들은 그들이 가지고 있는 그 이상의 연기력을 보여주었다. 건우와 공명하며 연기를 하는 경험은 그들의 미래에 큰 도움이 될 것이다.

"컷! 오케이! 아주 좋아!"

최민성 PD는 기분이 좋아 보였다. 촬영은 순조롭게 진행되었다. 장소 협조 시간이 촉박했지만 예상보다 일찍 원하는 신을 따낼 수 있었다.

최민성 PD가 처음 경험하는 아주 순조로운 출발이었다. 무언가 하늘이 도와주는 듯 아귀가 딱딱 맞아떨어지고 배우들의 연기가 빛이 났다.

지윤의 연기 역시 그러했다. 원래부터 미모와 연기로 유명했지만 지금은 미모보다는 연기가 훨씬 우위에 있다고 생각될 정도였다.

장소를 옮겼다. 건우가 탈 슈퍼카들이 등장했다. 기스라도 생기면 큰일 나기에 스태프들은 대단히 조심스러웠다. 한국에서도 몇 대 없는 차였다.

차틀만 모형으로 주문 제작해 만든 것도 있었는데, 꼭 미래에 나오는 차량 같은 모습이었다. 제작비가 꽤 들어간 티가 났다.

권호준의 위치와 성격, 그리고 건우를 대하는 태도가 드러나는 신이었다. 자동차 매장을 보는 듯한 개인 차고에 권호준과 건우가 서 있었다. 실제 자동차 매장을 빌려 차고로 꾸몄다.

"어떠십니까? 아버님을 위해서 특별히 공수한 차들입니다만……."

"애들 장난감 같군."

"이리 오시지요."

권호준, 그러니까 극중 대원 그룹 회장이 직접 차를 설명해 주기 시작했다.

"이건 아버님께서 소유하신 이탈리아 라인미르에 주문제작한 차입니다. 아버님의 영롱한 자태를 본 따 장인들이 디자인하였습니다. V8기통 5.0리터 알루미늄 터보 엔진을 탑재해 1,350마력과 최대 토크 138kg.m……."

"간단히."

"흠흠, 한마디로 말하면……."

권호준은 흥분한 표정이었다. 대원 그룹 회장의 성격을 잘 드러내 주었다. 그에 반해 건우가 맡은 이신성은 여전히 무심해 보이는 태도였다.

"요새 젊은이들이 환장하는 드림카입니다. 방탄유리에 위성 식별을 통한 위험 감지 센서를 넣었고 스마트폰과 연동되어 다양한 기능을……."

"그만. 이걸 한국에서 타고 다닐 수 있겠나?"

"마실 나갈 때나 잠깐 타시면 어떻겠습니까?"

"난 저게 좋은데. 이건 한 번 타고 말 것 같거든."

"클래식카 말씀이시군요. 굿! 좋은 선택이십니다. 미국에서 온 선물도 있는데 보시겠습니까?"

"다음에."

스케일이 다른 갑부의 위엄을 보여주는 장면이 아주 좋게 탄생되었다.

아마 한국 드라마 역사상 가장 많은 돈을 소유한 주인공일 것이다.

여러 번 나눠 찍었지만 모두 NG 한 번 없이 오케이 사인이 떨어졌다.

건우의 모습은 값비싼 고급 차량 곁에 서 있어도 전혀 죽지 않았다. 오히려 고급 차량이 액세서리처럼 보일 정도로 눈에 잘 들어오지 않았다.

PD의 입장에서는 그야말로 바람직한 장면이었다.

'조금 무리했군.'

건우는 내력을 가라앉히며 집중을 풀었다. 오전 내내 집중하고 있어 내력을 상당히 소모했다. 그래도 건우와 공명했던 배우나 스태프들에게서 내력의 수급이 이루어져 내력이 부족할 정도는 아니었다.

집중하고 있을 때는 잘 느끼지 못했지만 주위에 있는 차량들은 대단히 눈부셨다. 갖고 싶다기보다는 그냥 작품을 보듯 감상하게 되었다.

자신도 돈을 많이 벌게 되면 저런 차를 구입하게 될까?

'사치는 늘 끝이 없는 법이지.'

그때 가서 볼 일이었다. 차 옆에 있던 건우가 조심스럽게 물러났다. 그 모습에 지윤이 피식 웃었다.

"건우야, 차는 뭐 타?"

"차요? 소속사 차량 빼고는 없어요. 굳이 필요 없고……."

"오, 그럼 하나 살 거야? 어떤 게 좋아?"

건우에게는 남자라면 있을 차에 대한 욕심은 없었다. 그저 있으면 좋고 없어도 괜찮은 정도였다.

"생각해 보지는 않았어요. 일단 부모님 집부터 해드리려고요."

"효자네! 좋아, 어머님 이사 가실 때 내가 냉장고 하나 해줄게."

"네? 하하, 감사합니다."

지윤의 말에 건우는 환한 미소를 지었다. 지윤은 건우가 그렇게 웃자 자연스럽게 입꼬리가 올라갔다. 웬만해서는 감정을 드러내지 않던 건우가 환하게 웃는 것을 보니 어떤 감동 같은 것이 그녀의 마음속에 차올랐다.

남자에게 철벽을 치던 진희가 어째서 건우에게 홀딱 빠져 버렸는지 백 번은 넘게 이해가 되었다.

　'우리 건우, 자주 웃게 해야지.'

　건우가 웃으니 주변 분위기가 화사해지는 것 같았다. 지윤은 건우 몰래 그런 결심을 했다.

드라마 촬영이 이어졌다. 그래도 달빛 호수 때에 비해 많이
여유가 있는 편이었다. 대본이 미리 나와 있는 상황이었고 방
영일까지는 꽤 시간이 남았기 때문이다.

　경쟁 드라마 '무지갯빛 남자'가 '별을 그리워하는 용'보다 2주
정도 더 빨리 방영된다고 한다.

　바로 다음 주에 방영되는 것이다. 확실히 그쪽에서는 서두
르는 기색이 있었다. 일단 시청자들을 선점하는 것을 중요하
게 생각하고 있는 모양이었다.

　그러나 최민성 PD는 완성도를 우선시했다. 본래는 사전제

작 드라마로 제작하려 했지만 여러모로 타협을 본 것이었다. 언론에서도 '무지갯빛 남자'의 압도적인 승리를 점쳤다. 최근 이진국의 논란은 건우의 논란에 묻혀 더더욱 그랬다. 예능에 활발히 나와서 시상식 때 있었던 일들을 왜곡하여 해명하기도 했다.

'그럴 의도는 없었다. 오히려 이건우 측에서 확대해석한 것 같다.'

'그 일로 많은 상처를 입었다. 아무런 조치도 안하고 방관한 이건우 측에도 책임이 있다.'

'YS의 언론 플레이가 심했다.'

'그러나 내가 선배이니만큼 관대하게 용서해 주겠다.'

직접적인 표현을 하지는 않았지만 발언을 종합해 보면 저런 뜻이었다.

건우의 이미지가 나빠지고 있는 와중에 이진국이 꽤 교묘하고 비열하게 언론 플레이를 하고 있었다. 이진국과 그의 소속사에서는 건우가 직접 해명하고 사과하게 만들고 싶은 것 같았다.

어쨌든 건우의 이미지가 나빠지고 이 일이 화제가 될수록 드라마에 타격이 갈 테니 말이다.

건우가 잠시 이진국을 떠올리며 눈썹을 찡그리자 동진이 다가왔다.

"깊게 생각하지 마. 이미지라는 게 원래 돌고 도는 거야. 오늘 천사가 내일 최대의 쓰레기가 될 수도 있고 그 반대일수도 있고."

"선배님은 그런 경험 있으신가요?"

"나도 별소리 다 들었다. 이상성욕자니 변태니 그렇게 몰고 가는 이들도 있었고… 사람들이 원하는 건 진실이 아니야. 그냥 원초적인 것들을 배출하고 싶은 대상이지. 근데, 꺾이지 않고 꾸준히 하다 보면 언젠가는 몇 배로 좋게 변해 돌아올 거야."

"알겠습니다. 감사해요."

동진은 씨익 웃어 보였다.

아무튼 건우는 동진과 만나는 장면을 찍게 되었다. 동진이 맡은 배역은 건우와 마찬가지로 인간이 아니었다. 주인공 이신성의 여의주를 노리는 천 년 묵은 백사였다.

인간계를 벗어나 천계에 오르는 것이 유일한 목적인 악역이었다. 그 목적을 위해서는 수단과 방법을 가리지 않는 지독한 인물이었다.

주 장르가 로맨스이기는 하지만 판타지로맨스이니만큼 신비스러운 장면이 꽤 많이 나왔다.

최민성 PD의 말로는 꽤나 공을 들여 화려한 CG를 입힐 것이라고 한다.

이신성과 백사의 만남이 그러했다.

최민성 PD가 직접 동선을 체크하며 건우와 동진에게 설명해 주었다. 동선과 장면 연출에 대해서 말해줄 뿐이었고 연기부분에 대해서는 관여하지 않았다.

최민성 PD는 그답지 않게 건우와 동진의 연기를 전적으로 믿고 있었다. 건우의 영향 때문인지 최근 동진의 연기는 물이 올라 있었다.

동진은 여러 영화와 드라마를 찍은 배우답게 최민성 PD와 활발하게 소통했다.

건우에 비해 풍부한 경험에서 나오는 관록이었다. 건우도 동진에게 많은 것을 배울 수 있었다. 배우에게 제일 중요한 것은 연기력이었지만 그것 외에 현장 분위기를 읽는 능력이나 활발한 소통이 더해진다면 더 좋은 배우가 될 수 있을 것이었다.

"감독님, 제가 뒤에서 걸어오는 게 더 낫지 않을까요?"

"음… 구도상 그게 더 괜찮기는 하겠네. 그리고 리딩 때보다 좀 더 과격하게 바꾸는 게 낫겠다."

"알겠습니다!"

"좋아, 한 번에 가자고."

연출 감독과 배우의 소통은 중요했다. 서로 오가는 의견 속에서 더 좋은 그림을 만들 수 있었다. 건우가 내뿜는 청명한 기운 때문에 주변 배우와 스태프들은 정신적인 피로가 덜 쌓이는 편이었다. 마치 뭐에라도 홀린 것처럼 모두 지칠 줄 모르고 의욕적으로 촬영에 임했다.

건우는 내력을 끌어 올리며 몰입했다. 감정의 공명이 동진에게 전해지며 동진 역시 순식간에 배역에 몰입했다. 건우는 공명뿐만 아니라 동진의 감정을 해석해서 자신의 연기까지 동진에게 맞춰주었다.

내력이 훨씬 많이 들었지만 시너지 효과는 그야말로 배가 되었다.

촬영이 시작되었다.

건우가 걷고 있을 때 건우의 옆으로 커다란 트럭이 덮친다는 설정이었다.

그때 시간이 멈추고 주인공이 백사를 찾아내는 것이었다. 압도적인 이신성의 힘이 드러나는 첫 순간이니만큼 신경을 많이 써야 했다.

건우가 뒤를 돌아보았다.

건우의 분위기는 압도적이었다. 절대자 같은 분위기를 풍기며 오만함이 묻은 눈빛이 드러났다.

"백사."

"오랜만입니다."

"할 말이 있느냐."

"아직도 그 계집을 찾아 헤매십니까? 무려 400년입니다."

동진이 건우의 뒤에서 걸어왔다.

여러 번 나눠 찍어야 했기에 호흡이 끊기기는 했지만 건우의 연기에 큰 영향을 주지는 못했다. 오히려 더 정성스럽게 한 순간, 한 순간 신경 써서 촬영했다.

워낙 건우의 비주얼이 압도적이니 그저 건우가 고개를 돌리는 모습임에도 무언가 많은 스토리가 담겨 있는 듯한 그림이 되었다.

요즘 들어 건우가 느끼는 것은 배우에게 지나치게 잘생겼다는 사실이 오히려 단점으로 작용한다는 점이었다. 역할의 스펙트럼이 현격히 좁아지기 때문이다.

동진도 그렇게 생각하고 있었다. 배우들 중에서는 외모의 전성기가 지나고 망가짐으로서 연기자로서의 전성기를 맞이하는 배우도 있었다.

'나는 그럴 일이 없겠지.'

시간이 지날수록 무공의 경지는 더 깊어질 것이고 내공은 심후해질 것이다. 건우는 그것을 극복하기 위해 표정 연기에 많이 집중했다. 다양한 표정을 지닌 미국 배우를 연구하기도 했다.

때문에 건우의 표정은 살아 있었다. 대사로서 캐릭터의 역사를 담아내는 것이 아니라 오로지 표정으로서 보여주고 있었다.

동진이 비웃음을 머금으며 건우를 노려보는 모습도 소름이 끼칠 만큼 대단했다.

최민성 PD는 건우는 물론 동진의 연기력도 한층 업그레이드된 것 같은 느낌을 받았다. 동진이 건우에게 다가오며 손가락으로 공중에 떠 있는 잔해를 치웠다. 물론 CG로 대체될 장면이었다.

건우와 동진이 가까이 붙었다. 동진이 건우의 옷에 쌓인 먼지를 손으로 털어주었다. 건우가 죽일 듯이 노려보자 동진은 고개를 설레 저었다.

동진의 복장은 검은색 일색이었다. 건우가 조금은 밝은 캐주얼한 옷을 입고 있는 것과 대비되었다.

기이하게도 동진의 손에 들려 있는 검은 우산이 꽤 섬뜩하게 느껴졌다.

동진은 인간미가 느껴지지 않게 분장을 한 상태였다. 동진도 대한민국에서 손꼽히는 미남 배우라 어떤 분장도 쉽게 소화했다.

건우와의 투샷에서는 밀렸지만 그래도 굴욕까지는 아니었다. 건우와는 다른, 거칠고 야성적인 매력을 발산하고 있었기 때문이다.

"옛날이 아닙니다. 지금은."

"꺼져라."

"종종 뵙겠습니다."

가까이 붙었던 동진이 뒤로 물러났다. 오케이 사인이 떨어지자 건우는 깊은 숨을 내쉬었다. 동진도 마찬가지였다.

집중력에 한계가 온 동진은 눈가를 매만지며 뻐근한 목을 풀었다.

"순조로운데? 음, 안 좋아."

동진이 그런 말을 했다. 건우가 동진을 바라보았다.

"순조로우면 좋은 게 아닌가요?"

"뭐, 그렇긴 한데… 난 이상하게 뭔가 드라마나 영화 처음 시작할 때 이상한 일이나 징조가 보여야 마음이 편해지더라. 그, 뭐야. 가수들 녹음할 때 귀신을 보면 대박 난다고 하잖아."

"미신이네요."

"그냥 보험 정도로 해줘라."

건우는 동진의 말에 피식 웃었다. 그만큼 촬영은 너무나 순조로웠다. 스케줄도 딱딱 맞아 떨어졌고 장소 협조도 무난하게 이루어졌다.

촬영은 늦은 시간까지 계속되었는데, 촬영 장소 주변에는 사람들이 꽤 많이 몰려 있었다.

건우와 동진의 팬들도 많았다. 잠시 쉬고 있던 지윤이 건우와 동진에게 다가올 때였다.

"뭐야? 왜 이렇게 시끄러워?"

구경하고 있는 사람들 쪽에서 시끄러운 소리가 들려왔다. 현장 통제를 하고 있던 스태프들이 난감한 표정으로 말리고 있었지만 시끄러운 분위기는 점점 더 격해졌다.

지윤과 함께 대사를 맞춰보고 있던 건우가 그쪽으로 시선을 돌렸다.

"이건우에게 진실을 요구합니다!"

"이건우는 해명해 주세요!"

"가요계에 피해를 준 이건우는 사과하라!"

어설픈 황금태양의 가면을 쓴 자들이 피켓까지 들고 그렇게 외쳤다.

계획된 기습 시위 같았다. 옆에 있던 건우의 팬들과 얽히며 싸움이 일어나려 하고 있었다.

"아니, 도대체 왜 그래요? 왜 행패야!"

"해명하고 사과하면 끝 아니냐? 인정해라! 좀!"

"뭘 잘못했다고 해명해요?"

"미친 빠순이년이 처돌아가지고."

"네? 뭐라구요?"

어려보이는 소녀가 째려보자 황금태양의 가면을 쓴 자가 들고 있는 피켓으로 위협했다.

스태프가 말리려다가 힘에 밀려 뒤로 넘어졌다. 갑작스럽게

심각해진 상황이라 대응이 느렸다. 당황한 촬영 관계자들이
얼을 탄 것도 크게 작용했다.

"때려봐! 때려보라고!"

"이년이 미쳤나."

"왜 무섭냐? 찌질해서 남 욕하는 것밖에 할 게 없지?"

"쌍년이……."

소녀에게 휘둘러지는 피켓을 건우가 끼어들어 막았다.

이미 경찰에 신고가 된 상태였다. 건우가 피켓을 빼앗아 뒤
로 던지고 가면을 쓴 자를 바라보았다.

"진정하세요."

건우가 그렇게 말했지만 그자는 화가 머리끝까지 났는지
더 날뛰기 시작했다.

건우가 팬들을 물러나게 하자 스태프들이 그자를 붙잡았
다.

잔뜩 흥분했는지 스태프를 뿌리치며 광분했다. 그가 몸부
림치며 휘두른 주먹이 건우에게도 날아왔다. 건우는 충분히
피할 수 있었지만 피하지 않았다.

"꺄악!"

"막아!"

건우의 머리가 옆으로 살짝 돌아갔다. 워낙 튼튼한 몸이라
타격이 별로 없었지만 보기에는 엄청 세게 맞은 걸로 보였다.

주변에서 비명을 터뜨릴 정도였다. 건우는 천천히 고개를 돌려 가면을 쓴 자를 바라보았다.

그는 건우와 가면 너머로 눈이 마주치자 몸을 움찔 떨었다. 건우의 눈빛은 살벌했다.

"그만하세요."

그제야 자신이 무슨 짓을 했는지 깨달은 그자는 바닥에 털썩 주저앉았다.

"뭐 하는 거야! 배우 보호해! 이 새끼들이 다 얼빠져 가지고!"

최민성 PD가 호통을 치며 달려왔다. 지윤이 걱정이 가득한 눈으로 건우의 얼굴을 살펴보았다. 입술이 살짝 부은 것 외에 다친 곳은 없었다.

"괜찮아?"

"네."

나머지들은 피켓을 버리고 도망쳤다. 바닥에 주저앉아 있는 자도 도망치려 했지만 주변에 스태프들이 둘러싸고 있어 도망칠 수 없었다.

건우는 그 모습을 보면서 작게 한숨을 내쉬었다. 저런 비상식적인 행동은 황금태양에 너무 빠져 버렸기 때문에 나온 것이었다. 건우의 노래에는 마음을 흔드는 그런 매력이 존재했다. 과도한 팬심이 화를 불러온 것이다.

그리고 SNS에서 생성되는 각종 루머가 저들에게는 현실이 되어버린 지 오래였다.

건우가 외압으로 황금태양을 압박하고 있다든지, YS가 황금태양에게 협박을 했다든지 말이다. 황금태양을 보호하기 위한 몸부림으로 봐도 무방했다. 하지만 그것을 폭력으로 분출한 것은 무조건 잘못된 것이었다.

잠시 뒤 경찰이 도착했다.

상황은 순조롭게 수습되었다. 다행히 촬영 막바지라 큰 타격은 없었다. 간단한 진술 뒤에 촬영을 접고 그렇게 마무리되는가 싶었다.

*　　　　*　　　　*

촬영장에서의 일은 다음날 바로 실시간 검색어 1위에 올랐다.

1. 이건우 폭행
2. 집단 린치
3. 촬영장 폭행 사건
4. 별을 그리워하는 용

인터넷 언론사에서 정확히 확인조차 하지 않은 추측 기사들을 마구 쏟아냈다. 이건우가 찾아온 팬을 폭행했다느니, 스태프들이 집단으로 폭행했다는 등 악질적인 기사가 대부분이었다.

인터넷을 통해 가면남이 어이없게도 정당방위라고 떠들어댔다.

스태프들이 집단으로 자신을 폭행했다는 주장을 펼쳤다. 이미 경찰 조사를 받고 합의로 가고 있던 상황이었는데, 갑자기 그런 취지의 글을 쓴 것이다. 자신의 상처를 찍어서 올리며 감정적인 글로 호소했다.

[다이버 토크 게시판]

제목: 별을 그리워하는 촬영 현장에서 폭행당했습니다.

작성자: 태양남

지금도 덜덜 떨리고 무서워서 글을 씁니다. 경찰 조사에서 정당방위를 주장했지만 전혀 제 주장을 믿지 않고 강압 조사를 했습니다.

아무래도 YS가 돈을 먹인 것 같습니다.

네, 제가 황금태양님의 권익을 보호하기 위해 기습 시위를 한 건 사실입니다. 근데, 갑자기 이건우의 팬이 저에게 욕을 하더니 주먹을 휘두르려 했고 저는 방어 행위를 취했습니다.

그러다가 스태프들이 저를 붙잡더니 집단 폭행을 가했습니다.

이건우도 거기에 있던 것 같습니다. 제가 자기방어를 위해 방어하는 와중에 얼굴을 조금 친 것 같고요. 지금 병원에 와서 치료받고 있습니다. 정신적으로 너무 힘드네요.

이번 일은 그냥 넘어갈 생각이 없구요.

고소할 생각입니다.

끝까지 가봅시다.

추천 2,311 비추천 7,233

댓글 7,221

그런 게시글이 올라오자 건우의 안티 사이트에서는 추측성 가짜 뉴스들을 퍼 나르고 대형 커뮤니티에 마구 등록했다. 하루도 지나지 않아 건우의 이미지는 급격히 떨어졌고 더욱 논란이 심해졌다. 건우가 달빛 호수 때 사람을 베는 걸 캡처해서 비아냥거리는 짤방이 생성될 정도였다.

YS에서는 이건우가 일방적으로 폭행을 당했다고 공식 입장을 발표했지만 팬들과 황금태양의 팬, 안티 팬들이 뒤엉키며 더욱 난리가 났다. 최민성 PD를 비롯한 스태프와 배우들도 공식 입장을 발표했지만 쉽게 진정되지 않았다.

오히려 권력으로 약자를 찍어 누른다고 비난을 받고 있었다. 이건우에게 해명을 요구하는 서명운동까지 등장했고, 아예 연예계에서 퇴출해야 한다는 말도 나오고 있었다.

그러던 중에 SNS를 통해 다른 글이 올라왔다. 밝히지 않은 태양남과는 다르게 자신의 SNS를 통해 올려 실명을 밝힌 글이었다.

이윤지
안녕하세요?
저는 데뷔 때부터 건우 오빠 팬이었어요. 다른 애들과는 달리 저는 한쪽 눈이 잘 안 보여요. 집도 조금 가난해요. 성격도 우울하고 그래서 왕따도 많이 당했어요.

작년에 있었던 사건 아실 거예요. 자살하려고 육교에서 뛰어내린 못난 애가 바로 저예요. 그때 건우 오빠가 구해주셨어요. 지금도 꾸준하게 후원해 주시고 계세요.

덕분에 더 힘내서 살 수 있었던 것 같아요. 성격도 밝아졌고 절 이해해 주는 친구도 많이 생겼어요. 무엇보다 저도 이제 연기자를 꿈꾸고 있어요. 이번에 친구들과 도시락을 싸들고 갔는데, 차마 용기가 없어서 건우 오빠를 못 보고 숨어 있었어요.

태양남이라는 분이 주장하시는 내용은 전혀 사실이 아니구요. 건우 오빠는 오히려 제 친구를 보호해 주셨어요. 제 친구가 조금 과격한 언행을 한 점은 제가 대신 사과드립니다.

그때 영상 보시고 판단해 주세요.

[영상 링크]

좋아요 9,231 싫어요 713

댓글 8,312

Lee sub: 와, 대박. 태양남 사기꾼 새끼네.

이한용: 팬 보호해 주고 그냥 맞았네. 퍽 소리 나는 거 봐. 그냥 일방적으로 맞았구만.

김미나: 그 와중에 침착하게 상황 정리하는 거 봐. 간지 폭발……

인터넷상에서 건우에 대한 비판이 주춤거렸다. 태양남은 영상이 올라오자마자 글을 삭제했지만 이미 여러 사이트에 박제되어 버렸다. 이번 일에 대해서는 YS 측에서는 강경 대응한다고 밝혔다.

며칠도 지나지 않아 오해가 풀렸지만 건우의 이미지에 손상이 컸다. 건우를 탓하는 자극적인 기사들이 계속 쏟아져 나왔다.

YS에서도 손을 써서 반박하고 있기는 했지만 자극적인 기사에 밀리는 형국이었다.

〈풀린 오해, 그러나 책임은 이건우에게 있다〉

〈침묵이 답이 아니다. 폭행의 빌미를 제공한 것이 잘못〉

〈YS의 노이즈 마케팅? 너무 지나친 언론 플레이〉

〈드라마 의식? 논란 가중될 뿐〉

이러한 기사들이 싸움에 기름을 확 붓고 있었다.

건우도 직접 모든 상황을 지켜봤다. 답답할 때가 많았다.
과거와는 달리 이런 말도 안 되는 루머들이 칼이 되어 자신
을 찌르고 있었다. 무형검(無形劍)이라고 표현해도 될 것 같았
다. 그것이 무조건적인 악의가 아니라는 점이 건우를 씁쓸하
게 만들었다. 조금 실망도 했다. 그러나 생각해 보면 이런 일
을 미리 겪은 것이 앞으로 자신이 발전하는 데 큰 도움이 될
것 같았다.

건우는 톡을 확인했다.

─승엽: 에어컨 광고 계약 들어온 거는 그쪽에서 접었어. 예능 섭외도 뛰
는 녀석들 외에는 갑자기 다 끊겼고. 뭐, 조금 쉬는 셈 쳐라ㅋㅋ. 곧 엄청
후회하겠지ㅋㅋ.

─건우: ㅋㅋ굿.

—리온: 후배님! 힘내세요! 뒤에는 제가 있습니다!

—건우: 감사합니다.

—진희 누나: 술 한잔하자. 내가 거하게 사줄게.

—건우: ㅇㅋ, ㄱㄱ.

—석준: 고생이 많구나. 이제 곧이다. 아주 깜짝 놀라게 해주자. 이번 일
은 액땜한 셈 쳐라. 드라마가 대박 날 징조로 보이는구나.

—건우: 네ㅋ.

이제 곧 명예 졸업 편 촬영이 있었다. 반전을 보여줄 때가
도래한 것이다.

*   *   *

NBC 수목 드라마인 '무지갯빛 남자'는 화제를 모은 것치고
는 그다지 임팩트가 없었다. 1, 2화가 방영되었는데 기대했던
시청률보다 크게 못 미쳤다.

시나리오가 대충 예상이 가능할 정도로 무난했고, 가장 큰
문제는 조연들의 연기력이었다. 특히 류웨이는 한국말을 어설
프게 잘해 어눌한 느낌이 있었기에 대사가 제대로 들리지 않

았다. 게다가 생뚱맞게 중국말을 하는 부분은 시청자들에게 많은 반감을 샀다. 중국의 투자자들을 의식해서 넣은 것이지만 당장 한국에서 방영되는 만큼 시청자들이 어색함을 느낄 수밖에 없었다.

무엇보다도 주인공인 이진국의 캐릭터도 그다지 매력이 없었다. 그냥저냥 무난하게 멋있다라고 생각되는 수준이었다. 게다가 대사는 오글거렸고 그 오글거림을 멋짐으로 승화할 만한 흡입력을 지니고 있지 않았다. 첫날 시청률이 11.3%였지만 다음날 방영된 2화는 7.8%에 그쳤다. 대규모 투자가 들어간 드라마치고는 저조한 시청률이었다.

asr4****: 개재미없네. 또 재벌2세야? 요즘 볼 만한 게 없음.

aswe****: 답답하다. 맨날 여주는 당하기만 하네ㅋㅋㅋ. 호구냐? 싸대기 처맞고 아무 말도 못 하는 거 봐라

line****: 저래놓고 또 시어머니가 돈 봉투 주며 헤어지라 하겠지.

1231****: 류웨이ㅋㅋㅋ, 몰입 확 깬다ㅋㅋㅋ. 갑자기 중국산 우유를 왜 처먹어ㅋㅋㅋ.

goto****: 그래도 졸렬건우가 나오는 것보다는 나을 듯.

hanm****: 이건우가 왜 졸렬한데?

sge5****: 건빠 극혐ㅋㅋ. 노이즈 마케팅하려고 아무 말도 안하잖아. 그게 안 졸렬함?

'무지갯빛 남자'를 비판하는 댓글임에도 불구하고 경쟁작의 주연인 건우에게도 그다지 호의적이지는 않았다. 건우의 팬들이 실드를 치고 있었지만 그게 오히려 역효과가 나는지 관계없는 사람들에게도 반감을 주는 듯했다. '건빠', '건슬람' 등의 말이 심심치 않게 댓글로 올라오고 있었다.

건우도 예전과는 다르게 그런 반응을 확인하고 있었다. 자신을 욕하는 댓글은 상관없었지만 어머니를 욕하는 댓글은 모두 캡처를 해놓고 고소에 들어갈 예정이었다. 악플은 유명인의 숙명이라고 할 수 있었지만 선을 넘어간 욕들은 지켜보고만 있지 않았다.

건우는 은혜와 복수는 철저히 갚는 성격이었다. 건우에게 주먹을 날렸던 그놈도 지금 눈물을 흘리며 후회 중이었다. 정당한 절차에 의해 법적인 조치를 모두 다 했기 때문이다. 그걸 두고 또 황금태양의 팬들이 뭐라고 했지만 이제는 다 필요 없었다.

반전의 날은 바로 오늘이었다.

"드디어 오늘이네. 건우야, 이겨라."

승엽의 말에 건우는 전열을 가다듬으며 고개를 끄덕였다.

'별을 그리워하는 용'이 방송을 앞두고 있을 때 드디어 마스크 싱어의 녹화일이 다가왔다.

반드시 우승해서 명예 졸업을 하겠다는 마음으로 가득 차 있었다.

상대가 누구든 무대 위에서 압도적으로 눌러버릴 것이다. 자신을 향한 비판과 욕들은 건우의 의욕을 증진시키는 데 아주 좋은 동기가 되어 주었다.

"가왕께서 입장하십니다."

"VIP 입장! VIP 입장!"

무려 6연승을 하다 보니 가왕이라는 자리에 너무 익숙해졌다. 입구부터 호위를 받는 것도 일상인 것처럼 자연스러워 보였다.

건우는 당당하게 걸으며 가왕 대기실로 들어갔다. 명예 졸업을 앞둔 만큼 황금태양 가면은 한 차원 높은 수준으로 업그레이드되어 있었다. 도색도 새로 해서 진짜 황금으로 만들어진 것 같았다.

건우의 대기실도 다른 곳으로 바뀌어 화려함을 자랑했다. 전체적인 컨셉은 이집트 느낌이 났다.

작가가 다가와 인터뷰를 했다.

"명예 졸업을 앞두고 계신데 기분이 어떠세요?"

"좋습니다. 오늘 지든 이기든 정든 이곳을 떠나게 되니 조

금 시원섭섭하기도 하네요. 아! 그 명예 졸업 트로피에는 금이
붙어 있다고 했었죠?"

"네, 그렇습니다. 탐나시나요?"

"많이 탐나네요. 반드시 이겨야겠어요."

건우의 말에 작가가 살짝 웃었다.

건우는 분식집에 트로피를 가져다 놓을 생각이었다. 이번에
는 최우수 연기상과 달리 금이 제대로 박혀 있는 트로피였다.
어머니께서 좋아하실 것을 생각하니 의욕이 충만하게 차올랐
다.

다른 참가자들과도 격리되어 철저한 보안 속에서 제일 먼저
리허설을 마친 건우는 다시 대기실로 돌아왔다. 기다림이 지
루하지는 않았다.

이제 마지막이라는 것에 오히려 시간이 빨리 지나가는 것처
럼 느껴졌다.

작은 흥분과 두근거림도 존재했다. 빨리 자신의 차례가 되
어 무대 위에 서고 싶었다. 무대에 서서 노래를 부르는 일은
연기와는 다른 매력이 존재했다. 드디어 건우에게 마지막이
될 마스크 싱어의 녹화가 시작되었다.

건우는 그답지 않게 환호를 지르며 박수를 쳤다.

'오늘은 일단 즐기자.'

가왕을 위해 특별히 마련된 고급스러운 의자에 앉아 커다

란 TV로 무대를 지켜봤다. 건우의 일거수일투족이 모두 카메라에 담겼다.

그만큼 마스크 싱어 제작진에서 건우에게 들이는 공은 대단했다. 황금태양의 마스크 싱어라 불러도 될 정도였다.

마크스 싱어에 대한 시청자들에 관심은 대단해, 이번에 최대의 시청률을 찍을 거라는 희망적인 관측이 나왔다. 때문에 제작진 측에서 무대에 엄청난 신경을 썼다.

세션 및 참가자들도 역대 최고였다. 이전까지는 시청률을 위해 아이돌 그룹의 리드 보컬 정도를 넣었는데 이번 무대에는 아이돌을 배제한, 실력이 출중한 가수들로 채워져 있었다. 심지어 황금태양의 명예 졸업을 막겠다며 출사표를 내던진 참가자도 있었다.

압박감이 느껴질 만도 했지만 건우는 참가자들의 무대를 보며 즐겼다. 이제 이곳에 올 일이 없으니 최대한 재미있게 즐기고자 했다.

언제 이런 수준 높은 무대를 볼 수 있겠는가. 방청석에서 직접 무대를 보지 못하는 것이 아쉬웠다. 대기실에 설치된 TV를 통해 보니 아무래도 현장감이 떨어졌다.

'좋네.'

참가자들이 칼을 바짝 갈고 나온 것이 느껴졌다. 연이어 관객들과 패널들의 기립 박수가 나올 정도였다. 아예 대놓고 자신이 누구인지 목소리로 드러내는 참가자도 있었다.

그런 이들은 명백하게 황금태양을 저격하러 나온 것이 티가 났다.

쉽게 명예 졸업을 시켜주지는 않겠다는 제작진의 의지를 읽을 수 있었다.

치열한 경합 끝에 3라운드 진출자가 가려졌다. 모두 박빙의 명승부였다. 건우가 듣기에도 우열을 가릴 수 없을 만큼 모두 대단했다. 실제로도 근소한 차이로 승패가 갈렸다.

'엄청난 선배님들이 나오셨군.'

건우와 같은 내공은 없었지만 그들이 경험과 노력으로 만든 힘이 느껴졌다.

최근에 깨달은 능력이 없었다면 건우도 쉽게 승리를 점칠 수 없었을 것이다. 그러나 지금의 건우는 자신감으로 가득 차 있었다.

잠시 동안의 휴식 후에 3라운드가 시작되자 건우는 무대 위에 설치된 가왕 전용석으로 이동했다.

"가왕께서 이동하십니다."

건우의 주변을 둘러싼 경호원들이 무전기로 다급한 모습을 연출했다. 긴급 상황이거나 급할 것은 없었지만 일부러 부산하게 움직였다. 연출에 신경을 아주 많이 쓴 것이었다. 건우는 그런 연출에 화답하며 한결 여유 있는 몸짓으로 걸었다.

경호원들에게 고생이 많다는 듯 어깨를 두드려 주자 경호원이 황송하다는 표정으로 건우에게 고개를 숙였다. 자세히 보니 경호원이 아니라 연기자 같기도 했다.

"가왕께서 입장하십니다! 자리에서 일어나 주세요! 예의를 갖춰 가왕님을 뵙겠습니다!"

건우가 가왕 전용석에 등장하자 한성수가 그렇게 외쳤다. 패널들이 공손한 태도로 두 손을 모으고는 자리에서 일어났고 관중들도 따라서 일어났다. 4연승 이후에 생겨난 광경이었다.

건우가 왕좌에 앉기 전에 손을 들어 모두 앉으라는 제스처를 취하자 모두 자리에 착석했다.

"하하! 오늘도 가왕께서는 포스가 남다릅니다. 명예 졸업을 앞두고 한층 더 업그레이드된 모습입니다. 가왕님, 중요한 무대를 앞두고 계신데 현재 기분은 어떻습니까?"

한성수가 건우를 바라보며 물었다. 한성수도 건우의 정체를 알면서 입을 꾹 다물고 있느라 고생이 심했다.

리허설 때 건우에게 살짝 한탄을 할 정도였다. 주변의 연예인은 물론 안면이 있는 기자까지 물어대는 통에 마음을 놓을 수 없었다고 한다.

건우에게 일어난 논란을 무척이나 안타깝게 생각하며 위로해 주기도 했다.

"음, 아~"

가왕의 포스에 어울리지 않게 변조된 목소리는 귀여웠다. 그 때문인지 관객과 패널석에서 웃음이 터져 나왔다.

"아쉬우면서도 후련합니다. 이 왕좌에 더는 못 앉는다는 것이 아쉽고… 이제 제 정체를 마음껏 말할 수 있게 될 것이니 아주 후련합니다."

"하하, 마음고생이 심하셨나 보군요. 저도 아주 혼났습니다. 저기 저 가라 씨가 하도 전화해서 정체를 물어보는 바람에요."

한성수가 가라를 바라보자 가라는 당황한 표정을 지었다.

"아니, 내가 언제요? 나는 그냥 힌트 좀 달라고 한 것뿐이지. 하하하. 아, 참, 가왕! 저번에는 제 질문에 노코멘트 하셨잖아요? 다시 한번 물어도 될까요?"

"네, 오늘은 좋은 날이니 특별히 답해드리겠습니다."

"오, 자비로우셔라. 아주 좋아."

가라가 가왕을 향해 엄지를 치켜든 다음 다시 입을 떼었다.

"민감한 질문이지만 총대를 메고 해보겠습니다. 요즘 아주 핫한 배우가 가왕이라는 소문이 있던데 어떻게 생각하시나요?"

"곧 정체가 밝혀질 것이니 의미 없는 질문인 것 같습니다."

"아, 정말 궁금해서 그래요. 나 이거 때문에 그동안 잠을 못 잤다니까?"

"음, 뭐… 그분은 워낙 잘생기셨고 성격도 좋아서 비교되는 게 참 영광입니다. 전 그분의 팬입니다. 개인적으로 같이 밥 한 끼 먹고 싶네요."

"오, 그래요?"

가라가 고개를 끄덕였다. 패널들도 마찬가지였다. 건우가 대놓고 저렇게 말하자 모두 '그럼 그렇지'라고 생각했다. 이건우가 황금태양이라고 생각하는 패널은 거의 없었다. 마음 한 구석에 어쩌면 그럴 수도 있겠다라는 생각은 가지고 있었지만 부인하는 마음이 더 컸다.

패널들과 마찬가지로 그런 여론이 압도적이었다.

다른 패널이 다른 질문을 하려고 할 때 건우가 손을 들어 제지했다. 그러자 한성수가 바로 입을 떼었다.

"가왕께서 더 이상 질문을 받지 않으신다 합니다."

"진짜 너무하네."

"2주 동안 기다렸다구요!"

"와, 이제 진짜 왕처럼 보인다."

한성수의 말에 패널들이 더 아우성이었다. 가라가 가만히 고개를 끄덕이고는 다시 발언하기 시작했다.

"왕이 아니라 황제지. 누가 지금 7연승을 앞둘 수 있겠어요? 정체를 떠나 진짜 박수를 보내고 싶습니다."

"가라 씨답지 않은 말씀이시군요. 만약 가왕께서 명예 졸업을 하신다면 진짜 가황이라 불러도 될 것 같습니다."

한성수가 웃으며 가라의 말에 대답했다.

건우가 고개를 끄덕이자 관객들이 환호성을 지르더니 박수를 쳤다. 방청권을 얻기 위한 경쟁률이 역대 최고였다고 한다.

지금 예능의 원탑은 마스크 싱어였고, 가장 뜨거운 관심을 받고 있는 회차였다.

명예 졸업의 여부와 상관없이 그동안 대한민국을 뜨겁게 달구었던 가왕의 정체가 드러나는 날이니 말이다. 새롭게 도입된 명예 졸업도 화젯거리였지만 가왕의 정체가 더 압도적인 관심을 받고 있었다.

"좋습니다. 두 분의 무대, 그리고 가왕의 무대만을 남겨두고 있습니다. 그럼 여기까지 올라오신 두근두근 하트비트 님과 띠용띠용 전파남 님의 이야기를 들어봐야겠죠?"

하트비트와 전파남은 건우가 보기에도 대단한 실력의 가수였다. 둘 다 내가 누구다! 라고 드러내고 전력으로 노래를 불렀는데, 부담스러울 정도로 까마득한 선배였다.

하트비트는 수많은 히트곡을 남긴 소라 밴드의 김소라 같았고 전파남은 건우와 마찬가지로 배우와 노래를 오가면서도 많은 사랑을 받았던 임원정이 확실했다. 둘의 노래를 아주 많이 듣고 노래방에 가면 늘 불렀던 건우로서는 기묘한 기분일 수밖에 없었다.

"존경합니다. 팬입니다. 황금태양님의 노래를 듣다 보면 가수가 가야 할 길을 보여주는 것 같습니다. 흔히들 노래를 듣고 감동을 받았다고들 하는데, 진정으로 마음을 움직이는 노래가 무엇인지 많이 배웠습니다."

"저도 많이 배우고 있습니다. 나중에 제 노래 좀 불러주시면 정말 감사하겠습니다. 하하하!"

하트비트와 전파남의 말이었다.

3라운드가 이어졌다. 둘 다 득표수를 의식해서 슬픈 노래보다는 소위 말하는 달리는 노래였다. 화려한 고음과 폭발적인 성량을 발휘할 수 있는 노래로 선곡한 것이다. 때문에 둘의 노래는 정면 승부였다.

'좋구나!'

건우는 여전히 즐기는 마음이었다.

이런 대단한 무대를 라이브로 보니 그야말로 눈과 귀가 호강하는 느낌이었다.

그저 음원으로 들었다면 이런 감동을 받기 어려웠을 것이다. 건우도 저번과는 달리 순수하게 즐기는 마음으로 무대를 지켜봤다.

명승부가 나왔다. 폭발적인 고음과 화려한 기교는 관객과 패널들을 일으켜 세웠다. 기립 박수가 터져 나오는 것은 흔한 일이 아니었다.

건우도 두 무대 모두 자리에서 일어나 박수를 보냈다. 자만했던 적은 없지만 혹시나 있을 그런 마음이 사라질 정도로 좋은 무대였다.

둘은 소리의 장인이었다.

목이 악기화된 진짜 보컬리스트였다.

건우는 저 두 사람이야말로 진정한 가수라고 생각했다.

"정말 화끈한 무대였습니다. 가왕께서는 어찌 보셨습니까? 아주 신나 보이시던데요."

"저절로 몸을 흔들게 되더군요. 역시 두 분 모두 대단하십니다. 저는 뭐라 평가할 그릇이 못 되서… 저는 그저 감탄했다고 말씀드리고 싶네요. 정말 잘 들었습니다. 이 자리에 있는 것이 영광입니다."

"하하, 가왕께서 겸손이 지나치신 것 같군요."

패널들의 감상평을 듣고 판정단의 투표가 시작되었다. 결과는 전파남의 승리였다. 불과 4표 차이로 아슬아슬하게 승리했다. 김소라가 가면을 벗고 인사하자 모두 환호하며 박수를 보냈다. 건우 역시 마찬가지였다.

김소라는 결혼도 하고 서른 중반에 애도 셋이나 있지만 이십 대처럼 보였다.

'사인이라도 받고 싶네.'

노래를 좋아하는 사람 중에서 김소라를 동경하지 않는 자는 없을 것이다. 그녀는 한국 대중음악에 많은 영향을 끼친 가수 중 하나였다. 동경하고 존경했던 인물이 눈앞에 있으니 기분이 짜릿했다.

"오래 기다리셨습니다. 이제 가왕을 무대로 모셔보도록 하지요."

한성수가 그렇게 말하자 모두의 시선이 건우에게 향했다. 건우가 일어서자 경호원들이 가왕을 상징하는 망토와 왕관을 씌워주었다. 건우가 당당하게 무대 위로 올라오자 어마어마한 박수 세례를 받았다.

관객과 패널들의 초롱초롱한 눈빛이 눈에 들어왔다. 관객은 물론 패널들의 그런 눈빛에서는 호감이 가득했다. 그런 시선들이 짜릿한 것은 두말할 것도 없었다.

건우가 잠시 인사를 한 후 망토와 왕관을 벗자 무대의 조명이 어두워졌다. 환호 소리도 금세 가라앉았다. 모두가 건우의 목소리를 한순간도 놓치지 않겠다는 듯 집중해서 바라보았다.

건우가 부를 노래는 방금 전 무대와는 전혀 다른 노래였다. 담담히 이별을 말하는 노래인 '다시 만나요. 안녕'이었다.

슬픈 이별이 아니라 다시 만날 것을 고대하며 이별을 말하는 내용이었다. 건우가 하고 싶은 말이 담겨 있는, 여러모로 의미가 있는 선곡이었다.

그렇게 유명하지는 않은 곡이기에 생소할 수는 있었지만 지금까지 너무 화려한 무대만 보여주었기에, 이번에는 자신이 하고 싶은 말을 하고 싶었다.

노래로써 말이다.

조용한 피아노 멜로디가 이어졌다. 건우는 아름다운 피아노 소리가 울려 퍼지는 가운데 마이크를 들었다. 가면에 가려진 건우의 표정을 볼 수 없었지만 관객들은 건우가 어느 때보다도 진지하다는 것을 눈치챘다.

"누가 뭐라고 해도 나는 당신을 믿어요. 당신이 이 길을 돌고 돌아 다시 돌아올 것을 알아요."

건우의 본래 목소리였다.

건우는 꾸미지 않은 담백한 목소리를 내었다. 목소리를 변화시킬 음공을 쓰지 않았다. 달빛 호수 ost를 부를 때보다도 훨씬 성숙해지고 깊이가 있는 목소리가 흘러나오며 관객들의 몰입시켰다.

"우리는 그럼 만남이기에."

피아노의 음색은 슬펐지만 건우의 목소리는 슬프지 않았다. 어떤 희망과 꿈을 담고 있는 듯한 밝은 목소리였다. 꾸미지 않은 목소리는 청아하고 맑았다.

피아노 선율, 가사 그리고 그 목소리는 너무나 잘 어울렸다.

건우는 현재의 마음을 담아 담담히 노래했다. 꾸며냈던 감
정이 아니라 그동안 마스크 싱어에 출연하며 느꼈던 감정, 그
리고 논란의 중심에 있으면서 생각했던 것들, 마지막으로 자
신을 좋아해 주고 믿어주었던 이들에 대한 감사를 담았다.

이별을 말하는 노래였지만 노래 가사에 이별이란 단어는
들어가지 않았다.

사랑.

남녀 간의 사랑이 아니라 그것보다 더 포괄적이면서 어쩌면
더 깊을 수도 있는 사랑 노래였다. 관객들이 건우의 그런 마
음에 화답하듯 두 손을 올려 흔들었다.

건우는 그것을 보며 웃었다.

마음이 통하고 있는 것이 느껴졌다. 관객과 하나가 되는 쾌
감은 너무나 위대했다.

건우의 목소리를 듣는 이들은 저마다 입가에 미소를 지었
다. 피로가 씻겨나가고 마음이 정화되는 듯한 느낌을 받았기
때문이다.

먼 곳에 있는 가족을 떠올리는 사람도 있었고 사별한 이들
을 떠올리는 자들도 있었다. 헤어진 연인이 생각난 여자는 살
짝 눈물을 보이기도 했다.

모두가 그리워하는 이를 언젠가 만날 수 있다는 그런 생각을 어렴풋이 하게 되었다.

"그때까지 웃으며 안녕."

건우는 그렇게 마지막을 고했다.

순식간에 4분이 지나버렸다. 모든 반주가 멈추었다. 건우는 내렸던 마이크를 다시 들었다.

"다시 만날 때까지 안녕."

모두에게 말하는 건우의 목소리를 끝으로 마지막 무대가 끝났다.

잠시 정적이 일었다.

짝짝짝!!

"와아아!"

박수와 함께 환호가 파도가 치듯 터져 나왔다. 모두 자리에서 일어나 박수와 환호를 계속해서 보냈다. 시간이 지날수록 더욱 소리가 커져갈 뿐이었다.

건우는 정중하게 인사한 다음 관객들을 향해 손을 흔들었다. 본래는 진행을 위해 한성수가 적절히 끊었지만 지금은 그대로 놔두었다. 결과가 어떻든 이제 하차해야 하는 가왕에 대한 예우였다. 패널들이 엄지를 치켜들며 역시 가왕이라는 찬사를 아끼지 않았다.

한성수가 무대 위로 올라왔다.

"네, 정말 대단한 무대였습니다. 왜 가왕이 가왕인지 확실하게 알려주는 무대였지요."

한성수를 중심으로 건우와 전파남이 양 옆에 섰다. 전파남이 고개를 흔들며 건우를 향해 엄지를 치켜들었다. 한성수가 패널석을 바라보았다.

가라가 역시 제일 먼저 마이크를 잡았다.

"진짜 고향에 계신 어머니가 생각나고 그랬습니다. 애달픈, 그리고 그리운 기분이 드네요. 무슨 말이 필요합니까? 역시 가왕! 그냥 감복할 뿐이에요."

"마음이 찡하네요. 이제 가왕의 무대를 볼 수 없다고 생각하니 정말 아쉽습니다. 2주 동안 가왕의 무대만 기다리며 버텼거든요. 아마 많은 시청자분들도 그랬을 것이라 생각합니다. 앞으로도 많은 활동 꼭 좀 부탁드립니다."

가라의 말이 끝나자 늘 그랬듯이 작곡가 최원일이 그 뒤를 이어 말했다. 패널에는 특별 게스트인 시연이 나와 있었다. 건우도 시연에 대해 알고 있었다. 소속사에서 가끔 보는 하연의 언니였고 유명한 아이돌 가수였다. 하연도 최근에 데뷔했으니 자매가 나란히 아이돌 가수가 된 셈이었다.

"제가 황금태양님을 너무너무 좋아하는데, 오늘은 여태까지의 무대와는 전혀 다른 목소리셨어요. 저는 개인적으로 오늘 목소리가 제일 마음에 들어요."

"아! 그러네요. 와, 소름 끼칩니다."

시연의 말에 최원일이 화들짝 놀라더니 벌떡 일어나며 말했다. 패널들, 그리고 관객들이 웅성거렸다. 모두 확실히 그것을 느꼈기 때문이다. 어디서 많이 듣던 목소리였는데 설마 하며 고개를 갸웃거리는 이들도 있었다.

"자, 그럼 판정단 분들, 버튼을 눌러주세요!"

스크린에서 숫자가 떠오르며 무대 조명이 반짝였다.

"과연, 황금태양이 명예 졸업을 할 수 있을 것인지! 아니면 새로운 가왕이 탄생할 것인지! 그 결과는!"

모두가 가슴을 졸이며 지켜보는 가운데 결과가 나왔다.

"112 대 187! 황금태양의 승리입니다!"

스크린이 황금태양을 비추었다.

"첫 명예 졸업자가 탄생하였습니다!"

한성수의 선언이 환호와 박수를 낳았다. 전파남도 손뼉을 치며 진심으로 건우를 축하해 주었다. 먼저 전파남의 정체가 공개되었다. 건우의 예상대로 임원정이었다. 임원정에게 간단한 인터뷰가 있었는데, 모두 집중을 하지 못하는 분위기였다.

임원정은 자신도 궁금한지 한성수의 말을 끊었다.

"아, 그냥 저는 넘기고요! 다음 순서로 가죠!"

"와아아아!"

"멋지다!"

한성수는 씨익 웃으며 고개를 끄덕였다. 전파남은 허겁지겁 관객석으로 내려가서 관객석 앞에 앉았다. 그 모습에 모두가 웃음을 터뜨렸다.

"하하! 알겠습니다. 좀 더 시간을 끌었다가는 큰일 날 분위기네요."

한성수가 건우를 바라보았다. 건우는 무대 가운데에 섰다. 건우도 이 순간을 오랫동안 기다려 왔다. 그런데 막상 벗으려니 아쉬운 마음이 먼저 들었다.

"아, 거! 빨리빨리 진행합시다!"

가라가 그렇게 말하자 관객들이 환호하며 가라의 말에 힘을 실어주었다. 한성수는 알겠다는 듯 고개를 끄덕였다. 건우는 뒤로 돌아섰다.

"그럼 가왕께서는 정체를 공개해 주세요!"

무대의 조명이 마구 깜빡이기 시작했다. 건우는 자신에게 향한 많은 시선들을 느낄 수 있었다. 가면에 손을 올리자 관객들은 숨을 죽이며 건우를 바라보았다.

'드디어 벗는구나.'

그동안 억누르고 있던 답답함이 사라지는 것을 느꼈다. 논란을 두고 상처 입거나 그러지는 않았지만 역시 거짓말을 하거나 사실을 숨겨야 하는 것은 꽤 답답했다.

건우는 가면을 천천히 벗었다. 가면은 잘 벗겨지지 않게 단단히 고정되어 있어 푸는 데 조금 시간이 걸렸다.

건우는 가면을 벗은 채로 고개를 숙이고 있었다.

건우는 입가에 웃음을 머금으며 관객석과 패널석을 향해 몸을 돌렸다. 그러고는 천천히 고개를 들자 잠시 정적이 내려앉았다.

몇 초 후, 경악 어린 외침이 터져 나왔다.

"어?"

"헐, 대박!"

"이건우!"

"와아아!"

건우를 알아본 사람들의 눈이 동그랗게 떠졌다. 일부는 비명을 질렀고 일부는 자신의 눈을 의심하며 도저히 믿을 수 없다는 표정이 되었다. 이윽고 모두 환호할 수밖에 없었다.

눈앞에 있는 황금태양은 다름 아닌 이건우였다.

"반짝반짝 황금태양은 배우 이건우 씨였습니다!"

한성수의 목소리도 환호 소리에 파묻혀 잘 들리지 않을 정도였다. 패널들도 자리에서 벌떡 일어나며 경악 어린 표정을 짓고 있었다. 입을 크게 벌리고 말을 잊은 가라의 표정이 상당히 웃겼다. 작곡가 최원일은 마치 벼락이라도 맞은 것 같은 표정이었다.

한성수는 그런 반응들을 보며 웃고 있었다.

"하하, 이건우 씨, 그동안 마음고생이 심하셨겠습니다. 우선 시청자분들께 정식으로 인사해 주시지요."

건우는 부드러운 미소를 지으며 카메라를 응시했다. 그 미소에 관객석에서는 비명이 터져 나왔다. 건우가 인사를 하려다가 그 비명에 웃음을 터뜨렸다.

"아, 네. 안녕하십니까? 신인 배우 이건우입니다. 그동안 응원해 주시고 많이 좋아해 주셔서 정말 감사합니다."

"그동안 인터넷은 물론 오프라인에서도 많은 사건과 논란이 많이 있지 않았습니까? 이제 속 시원하시겠네요?"

"지금은 시원함보다는 아쉬운 마음이 더 크네요. 이제 이곳에 못 오잖아요?"

관객들은 건우에게서 눈을 떼지 못하고 있었다. 건우를 실물로 처음 보는 사람들이 대부분이었다. 넋을 놓고 볼 만큼 건우의 비주얼은 압도적이었다. 패널들도 본분을 잊은 채 감상 모드로 들어가 있을 정도였다.

가라가 억울한 듯 건우를 바라보며 마이크를 들었다.

"아니, 어떻게 이렇게 감쪽같이 속일 수 있어요? 와, 정말 대단하네, 대단해. 나는 솔직히 말도 안 되는 일이라 생각했거든요. 어떻게 이런 사기 캐릭터가 존재할 수 있죠?"

"저도 마찬가지입니다. 이건우 씨가 부른 노래를 들어봤지만… 솔직히 1%도 이건우 씨라고 생각한 적 없습니다. 그 나이에 그런 압도적인 실력… 천재라고 볼 수밖에 없네요. 세계가 놀랄 천재입니다."

작곡가 최원일이 가라의 말을 이으며 말했다. 여자 연예인 패널들도 충격을 먹기는 마찬가지였다. 특히 시연의 시선은 건우에게 고정되어 있었고 입이 반쯤 벌어져 있었다.

한성수는 시연을 보고는 입을 떼었다.

"하하, 시연 씨, 충격이 크신가봅니다."

"아… 네… 저, 정말 그러네요. 어떻게……."

한성수가 멍한 시연의 모습에 이해한다는 듯 고개를 끄덕였다. 시연은 라디오에서 건우를 두고 이상형이라고 말한 적이 있었다. 그리고 황금태양의 팬이기도 했다. 그런 두 사람이 사실은 동일인이라는 것을 알게 되니 그저 멍할 뿐이었다.

"자, 그럼 명예 졸업장과 트로피 수여가 있겠습니다. 저희 NBC 예능본부장님께서 직접 수여해 주시겠습니다! 큰 박수로 맞이해 주시지요!"

예능본부장이 무대 위로 올라왔다. 건우에게 황금 테를 두른 졸업장과 가면이 양각된 트로피를 건네주었다. 시상식이라면 시상식이었지만 예능 프로에 예능본부장이 직접 나오는 것이 이례적인 일이기는 했다.

건우는 트로피를 바라보았다. 제법 큰 금 조각이 붙어 있어 유난히 반짝거렸다. 그게 보기 좋았다. 한성수가 수상 소감을 부탁했다. 예정에 없던 일이었지만 건우는 흔쾌히 웃으며 고개를 끄덕였다.

"제가 두 번째 받는 상이네요. 정말 기쁩니다. 저를 응원해 주시고 사랑해 주신 분들께 감사하다는 말씀드리고 싶네요. 감사합니다."

건우가 감사하다는 말과 함께 고개를 숙이자 박수가 터져 나왔다. 비명과도 같은 환호 소리는 여전했다. 아무래도 충격이 가시기에는 시간이 너무 짧았다.

환호와 박수는 더 격렬해졌다. 자신만을 바라보며 내뿜는 감정의 색채에 건우는 짜릿함을 느꼈다. 저들이 관심을 가지고 좋아하고 열광하고 있는 대상이 자신이라는 것이 무척이나 기뻤다.

"네, 아쉽지만 이제 반짝반짝 황금태양, 우리 이건우 씨를 그만 보내드려야 할 시간이 되었습니다."

"가면을 쓰고 퇴장해도 될까요?"

"네! 그러시지요. 그게 더 의미가 있는 것 같네요. 명예 졸업하셔서 이제 명예 가왕 자리에 오른 황금태양 님께 다시 한 번 큰 박수 부탁드립니다!"

건우는 마지막으로 황금태양 가면을 썼다. 가지 말라며 관객들이 아우성이었지만 퇴장할 시간이었다. 앵콜을 외치는 이들도 있었다. 건우도 한 곡 더 부르고 싶었다. 그러나 건우가 준비한 무대는 방금 그 무대가 마지막이었다.

건우는 무대를 한 바퀴 돌며 손을 흔들어 주었다. 이제는 당분간 온전히 드라마에만 집중할 수 있게 되어 후련했지만 한편으로는 이 무대가 너무나 그리워질 것 같았다.

'마지막이라고 생각하지 말자.'

연기도 그렇고 건우의 노래 인생도 이제 시작이었다.

무대 밑으로 내려가서 가면을 벗었다. 오랫동안 정이 든 황금태양 가면을 보고는 살짝 웃었다.

당연히 카메라가 따라붙었다. 마지막 인터뷰가 예정되어 있었다. 명예 졸업을 하게 되면 특집을 통해 자신에 대한 이야기를 다큐 형식으로 편성한다고 들었던 기억이 났다. 조금은 오글거렸지만 여러 논란도 있었으니 그렇게 해주는 것이 고마울 따름이었다.

"이건우 씨!"

기다리고 있던 소라 밴드의 김소라가 건우를 보고 달려왔다. 건우는 소라가 자신에게 다가오자 깜짝 놀라며 먼저 인사했다. 경호원들도 딱히 제지하거나 그러지 않았다. 이제 정체에 대한 보안을 할 필요가 없었기 때문이다. 물론 방송까지는 함구해야 했지만 적어도 여기서는 그럴 필요 없었다. 오히려 건우와 소라가 만나는 장면을 카메라에 담았다.

"노래 너무 잘 들었어요. 제가 건우 씨 팬이에요. 달빛 호수도 열 번은 넘게 봤구요. 와……."

김소라의 눈은 반짝였다. 살짝 땀에 젖은 건우의 모습은 화보를 찢고 나와 현실 세계를 농락하는 느낌이었다.

건우는 소라의 그 눈빛이 부담스러웠다. 까마득한 대선배가 이렇게 자신을 좋아해 주니 몸둘 바를 몰랐다. 소라는 건우가 특히나 좋아하는 가수였다.

"감사합니다. 그렇게 말씀해 주시니 정말 영광입니다. 선배님 팬이에요. 집에 앨범도 전부 있고요."

"정말요? 아! 사인 좀 해주세요."

김소라는 자신이 쓴 가면과 펜을 가져와서 건우에게 내밀었다. 대선배에게 사인을 해주게 되니 기묘한 기분이 들었다. 건우는 '존경하는 소라 선배님께'라고 사인을 해주었다.

"사진도 찍을 수 있을까요?"

"물론입니다, 선배님. 제가 영광이죠."

김소라와 건우가 다정히 옆에 붙었다.

"어! 잠깐, 나도 찍자."

임원정이 달려와 옆에 붙었다. 결국 셋이 나란히 붙어서 찍게 되었는데 꽤 훈훈해 보였다.

건우가 임원정에게 인사했다.

"반가워요. 건우 씨. 와, 진짜 비주얼이 미쳤네, 미쳤어. 내가 그 동진이랑 친하기는 한데, 그놈보다 더한데요?"

"아, 동진이형이랑 아세요?"

"그럼! 우리 축구팀 에이스인걸요. 아! 소라야, 너도 수고했다. 요즘 애 키우느라 고생이 많지?"

임원정이 소라한테 그렇게 말하자 소라는 피식 웃었다. 연예계는 상당히 좁았다. 건너 건너가다 보면 모두 이어지게 되어 있었다.

건우는 소라와 임원정에게 사인을 받았다. 인사를 하고 인터뷰를 하기 위해 대기실로 가려고 하는데 패널들이 건우가 있는 쪽으로 우르르 몰려왔다.

"오! 명예 가왕! 아니, 이제는 가황이지!"

"건우 씨! 팬이에요!"

가라와 시연을 포함한 패널들이 건우의 주변을 둘러쌌다. 결국 건우는 패널들 모두와 사진을 찍고 사인까지 해줘야 했다. 사인을 해준 뒤 건우도 그들 모두의 사인을 받았다. 이름만 들어도 누구나 아는 연예인들의 사인을 엄청나게 모을 수 있었다.

스태프가 다급히 달려와 방송날까지 찍은 사진을 올리지 말아달라고 부탁했다. 어쨌든 소문이 나긴 날 테지만 직접적으로 알려지는 사태를 피하고 싶었기 때문이었다.

건우는 가왕 대기실로 갔다. 그동안 앉았던 자리에 앉아 카메라를 향해 마지막 말을 남겼다.

"작년부터 지금까지 꽤 길었죠? 이렇게 하차를 하게 되면 하고 싶은 말이 엄청 많이 나올 것 같았는데… 아무것도 생각나지 않네요. 실감이 안 납니다. 당장 내일이라도 연습하러 연습실에 가야 할 것 같아요."

건우의 입가에는 부드러운 호선이 그려져 있었다. 건우에게도 마스크 싱어는 많은 의미가 있었던 프로그램이었다. 드라마 촬영보다도 긴 시간을 함께했기 때문에 자주 보는 스태프들과도 정이 들었다.

"이제는 황금태양이 아니라 배우 이건우로 찾아뵙겠습니다. 감사합니다."

건우는 그렇게 마지막 인터뷰를 마쳤다.

길고 길었던 14주 동안의 여정이 끝난 것이다.

8. 건우주신 갓건우

마스크 싱어는 예선부터 가왕전까지 2주간 나눠서 방송했다. 본래대로라면 건우의 정체가 밝혀지는 것은 녹화일로부터 2주 정도 뒤였다.

그러나 이번에는 특집으로 구성되어 바로 1부, 2부 나눠서 방영했고 그 다음 주에는 가왕 특집을 진행하기로 되어 있었다. 그동안 마스크 싱어를 진행하면서 찍은 건우의 영상을 중심으로 열심히 편집 중이라고 한다.

가장 힘든 것은 역시 299명의 청중 평가단의 입을 단속시키는 일이었다. 2주라는 시간을 버티기에는 황금태양의 정체가 워낙 파격적인 것도 그렇게 시간을 편성한 이유 중 하나였다.

제작진이 녹화 후에 일일이 전화까지 하며 당부했지만 은근슬쩍 새어나오는 말들은 막을 수 없었다. 그래서 더 논란이 심해져 버렸다. 이건우가 황금태양이라는 말들이 여기저기에서 터져 나오자, 사람들은 어그로라고 치부하고 무시하거나 대놓고 설전을 벌였다. 이때다 싶어 건우를 더 욕먹이기 위해 건우라고 주장하는 이들도 상당했다.

녹화 전에 등장한 안티 카페인 '이건우에게 해명을 바라는 모임', 줄여서 이해모가 들끓었다. 고의적으로 조작한 이런저런 글들을 퍼 날랐고, 건우의 학력이나 가난에 대해 비하하는 글들도 상당히 많았다.

YS에 가서 시위까지 하려는 움직임도 있었다. 건우의 팬들과 과한 비방과 함께 네티즌들은 매일매일 전쟁을 벌이고 있었다. 이성적으로 생각해보면 분명 비상식적인 일이었다.

제목: 이건우 작품 다 보이콧하자.

사기꾼 이건우.

황금태양의 인기에 편승해서 드라마까지 성공시키려고 하는 거 정말 졸렬해서 못 버티겠네요.

인성이 개쓰레기인 듯.

진짜 양아치 같은 놈입니다.

10만 명 목표로 서명운동 갑니다. 동참해 주세요.

저조하기는 하지만 3만 명 넘는 사람이 서명에 참여했다. YS
에서 비난을 멈춰달라는 입장 외에 다른 대응을 하지 않으며
손을 놓고 있자, 어째서 소속 배우를 적극적으로 보호해 주지
않느냐며 석준을 비난하는 이들도 많았다. 물론 석준은 비밀리
에 모든 비난과 비방을 캡처해 놓고 고소를 준비 중이었다.

고소에 대한 정당성과 우호적인 여론을 등에 업기 위해 황
금태양의 정체가 밝혀질 때까지 기다리고 있는 것뿐이었다.

건우는 어차피 밝혀질 일이니 마음 편하게 스케줄을 소화
했다. 격해지는 여론을 의식한 듯 계약 직전까지 갔던 CF들이
줄줄이 취소되었지만 개의치 않았다. 오히려 드라마 촬영에
더 집중을 할 수 있게 되어 더 편했다. 돈이 아깝기는 했지만
어차피 더 좋은 조건으로 계약할 수 있을 것이다.

'인기란 한순간이기는 하구나.'

그렇게 떠받들어 주던 사람들이 등을 돌리는 것은 정말 한
순간이었다. 아직도 인기는 굳건하지만 안티들이 많아진 것은
사실이었다. 그들은 어떤 논리도 없이 추측만으로 건우를 몰
아붙이고 있었다.

그들이 밉지는 않았다. 현생에서는 아니지만 이미 경험했던

것이었다. 시기와 질투, 그리고 그것에서 발생되는 혐오는 그도 해본 적이 있었고 수없이 당해본 일이기도 했다.

'조금 허무하기는 하네.'

건우도 인기에 영향을 받기는 했다. 팬미팅까지만 하더라도 무슨 일이든 다 할 수 있을 것 같은 기분이었지만 지금은 아니었다. 구름 위를 걷는 기분이 아니라 이제는 제대로 현실을 직시할 수 있었다.

인기는 거품과도 같다는 것을 깨달았다. 건우는 차라리 일찍 이런 사태가 일어난 것이 다행이라고 여겼다. 그가 잘 알지 못하던 연예계라는 세계에 대해 제대로 배웠기 때문이다.

건우는 열심히 촬영에 임하고 있었다. 얼마 뒤 드라마의 방영일이었기 때문에 바쁜 스케줄을 소화해야 했다. 촬영이라는 게 계획대로 진행되는 것이 아니고 언제나 돌발 변수가 있어 지연되는 일이 허다했다.

지윤이 가글을 하고 있는 것이 보였다. 키스신이 있기에 열심히 가글을 하고 있는 것이었다. 방금 이른 저녁을 급하게 먹어서 건우에 대한 배려 차원이었다. 달빛 호수에서도 키스신이 있었기는 했지만 이렇게 본격적으로 사랑 행위를 찍는 것은 처음이었다. 비극적인 면을 강조한 달빛 호수보다는 몇 배는 더 달달한 신이 이어질 것이 예상되었다. 답답하게 남녀 사이를 끌지 않고 초반부터 치고 달리는 시나리오였다. 대한민국을 대표하는 미녀들과 이렇게 연속으로 키스신을 찍게 되니 묘한 감정이 생기기는 했다.

벚꽃이 만연한 길에서 촬영이 시작되었다. 장소 협조가 조금 지체되어 촬영이 늦어졌는데, 다행히 원활하게 촬영을 진행할 수 있었다.

최민성 PD가 건우를 불렀다. 최민성 PD는 소통보다는 본인의 주장이 강한 편이기는 하지만 건우와는 이야기를 많이 했다. 자신의 의도를 정확히 이해하고 연기로 옮기는 건우였기에 다른 배우들보다도 더 많은 이야기를 나누는 것이었다.

"건우야, 좀 더 많은 표정 변화가 있었으면 좋겠어. 무슨 말인지 알지?"

"음, 조금 어렵네요."

"일단 해보면 감이 잡히지 않을까? 자자, 힘내자고."

키스신을 하는데 다양한 표정 변화를 주문했다. 그도 그럴 것이 주인공 신성이 키스를 통해 그녀가 전생의 연인임을 깨닫는 장면이었다. 단 3화 만에 그녀의 정체가 드러나는 빠른 진행이었는데, 특유의 빠른 전개가 '별을 그리워하는 용'의 백미였다. 그러면서도 다음 화를 기다리게 만드는 그런 연출은 최민성 PD의 특기였다.

그는 요즘 트렌드가 답답함이 있는, 소위 말하는 '암 걸리는 전개'가 아닌 '사이다', '항암'이라는 것을 잘 알고 있었다. 조금은 과도해 보이기도 하는 PPL이 아쉽기는 하지만 제작비를 확보하려면 어쩔 수 없는 상황이었다.

"건우야, 연습 좀 해볼까?"

"연습은 무슨……"

"아주 길게 가야 하잖아. 히히."

지윤이 건우에게 그렇게 말하고는 입을 풀었다. 나름 프로의 모습이기는 한데, 장난스러운 기색이 가득했다. 자신을 놀리고 있는 것이 명백했다. 카메라가 돌고 촬영이 시작되었다.

건우가 배역에 몰입하자 표정이 달라졌다. 얼굴은 그대로였지만 중후한 분위기가 풍겼다. 건우는 귀찮은 듯 지윤을 바라보았다. 흩날리는 벚꽃 사이를 걸어가며 들떠 있는 지윤과는 다르게 건우는 피곤한 기색이 역력했다. 그러다가 환하게 웃는 지윤을 보고는 고개를 저으며 웃음을 지었다.

"왜 그렇게 우울해요? 오늘은 내가 다 쏜다니까! 밤은 기니 2차 가죠!"

"…그러다 또 취해서 난동 피우려고?"

"아, 거참, 만날 부정적이네. 기왕 이렇게 되었으니 즐겨야죠."

환하게 웃은 지윤은 매력적이었다. 그녀가 연기를 하며 몰입한 감정이 건우에게도 전해졌다. 건우는 그녀의 감정에 맞춰주며 연기를 이어갔다.

건우는 이번 작품을 연기하며 많은 것을 배웠다. 어떨 때 감정을 맞춰야 하는지, 공명을 이끌어야 하는지 알게 되었다. 달빛 호수처럼 분량이 적당히 분배된 것이 아니었기 때문에 흐름의 조절이 필요했다. 그것이 더 뛰어난 몰입감과 감정의 공명으로 연결될 것이다.

곧 건우와 지윤은 커다란 벚꽃 나무 밑에 섰다.

"저, 본부장님이 좋은 것 같아요."

그 말에 건우의 눈이 커졌다. 과거, 그의 연인과 대화가 오버랩되는 연출이었는데, 건우는 복잡한 심경을 표현해야 했다. 건우의 표정이 딱딱하게 굳어버렸다. 보고 있는 사람이 움찔할 정도로 분위기가 완전히 달라졌다. 슬프고 처량해 보이는 눈빛이었다. 마치 상처 입은 짐승을 보는 것 같았다.

"만날 꿈에 나오고, 만날 생각나요. 근데, 그게 질리지가 않아요. 볼 때마다 좋고 볼 때마다 행복해요."

"…너, 그 말 누구한테……."

"날 거부 못 할걸요."

지윤의 얼굴이 천천히 다가왔다. 살짝 입술의 닿자 건우의 눈빛에 생기가 감돌았다. 부끄러운 듯 웃으며 떨어지려는 지윤의 얼굴을 손으로 붙잡았다. 양쪽 볼살이 눌러 입술이 툭 튀어나와 복어처럼 보였다.

"너였구나."

"우읍, 네?"

건우의 얼굴에 미소가 피어올랐다. 극 중에서는 절대 보여주지 않았던 너무나 환한 미소였다. 당황한 지윤의 목덜미를 잡고는 강하게 키스했다.

키스는 길게 이어졌다. 꽤 오래도록 이어졌다.

"컷!"

최민성 PD가 끊자 건우와 지윤이 떨어졌다. 지윤의 얼굴이 달아올라 있었다.

"음, 좋기는 한데… 다시 가보자. 건우가 조금 더 갈구하는 느낌이었으면 좋겠네."

"갈구요?"

"그래, 그런 느낌 있잖아. 아주 오랫동안 참아 팍팍 당기는 거. 짐승처럼 아주 잡아먹을 듯한 그런 느낌을 내봐. 할 수 있겠지?"

건우는 고개를 끄덕였다. 다시 촬영이 이어졌다. 건우는 NG를 잘 내지 않기로 유명했는데, 이번만큼은 아니었다.

꽤 여러 번 시도를 할 수밖에 없었다. 다양한 각도에서 찍어야 했기에 실제 횟수는 더 많았다.

이런 농후한 키스는 건우에게도 처음이었다. 서툴고 익숙하지 않았지만 횟수가 많아지자 자연스러워지기 시작했다. 조금은 이상한 일이기는 하지만 촬영을 통해 농밀한 키스를 아주 제대로 배운 건우였다. 건우는 최민성 PD의 요구대로 갈구하는 마음으로 입술을 탐했다. 지윤이 벅차 보이는 정도에 이르렀다. 연기임에도 귀까지 붉게 달아올라 있었다.

"컷! 좋아! 오케이!"

생각보다 길어진 촬영이었다.

"입술이 얼얼해."

지윤이 입맛을 다시며 그렇게 말했다. 조금은 넋이 나간 표정이었다.

"건우야, 너 이러다 완전 고수될 거 같아."

"좋은 건가요?"

"으음, 애매한데… 근데 일단 상대가 나니까 좋은 거겠지?"

농후한 접촉을 했기 때문인지 건우와 지윤 사이에는 더 이상 어색함이 존재하지 않았다. 오히려 진희보다 가까워진 것 같은 기분이 들 정도였다.

인생의 중요한 경험을 드라마 촬영으로 하고 있는 건우였다. 그런 것에는 별로 의미를 두고 있지 않은 건우였기에 별다른 생각은 없었다. 게다가 대한민국의 대표 미녀 중 한 명인 지윤이 그 상대였으니 아쉽다는 것은 사치일 것이다. 어디서 그런 소리를 했다가는 돌을 맞을 수도 있었다.

촬영 지연이 액땜이 된 듯, 키스신 이후에는 아주 순조롭게 촬영이 진행되었다. 건우와 지윤의 본격적인 사랑 이야기가 시작되는 시점이라 건우도 많은 재미를 느꼈다. 자신이 다시 환생해 다른 세상을 살아가는 것 같은 느낌이 짜릿했다.

"조금 쉬었다가 다음 장소로 이동합니다. 아! 우리 지윤이가 야식을 준비해 줬습니다. 박수!"

"와아아!"

"오오!"

모든 스태프가 먹을 햄버거를 준비한 지윤이었다. 촬영 일정은 고되었지만 그런 배려 덕분에 훈훈하게 돌아갔다. 건우는 햄버거를 챙겨서 승엽이 있는 차량으로 돌아갔다.

"야, 키스신 어땠냐."

"그럭저럭 좋았어."

"그럭저럭이기는. 복 받은 놈아. 진희 누나 다음은 지윤님이라니… 너 진짜 전생에 나라를 구했냐."

"하하."

건우가 햄버거를 건네자 승엽이 뭔가 생각났다는 듯 건우를 바라보았다.

"마스크 싱어! 이제 끝났겠네."

"그랬겠지?"

"흐흐흐, 난리가 났겠구만. 그동안 고생했다."

"이제 시작이야."

건우가 그렇게 말하자 승엽이 웃으며 고개를 끄덕였다.

"그래, 확 치고 올라가라. 그래야 나중에 나 좀 챙겨주지."

"걱정 마라. 내 보필이나 잘해."

"그래, 알아서 모시마. 음료수 좀 줄까?"

"나 콜라 아니면 안 마시는 거 알지?"

"지랄 말고 마셔라."

승엽이 이온 음료 캔을 던지자 건우는 피식 웃으며 받았다.

＊　　　　＊　　　　＊

지윤은 직접 햄버거를 나눠주었다. 배우도 고생이지만 제일 고생을 하는 건 역시 스태프들이었다. 조명팀부터 장비팀의 막내까지 얼굴이 말이 아니었다. 신입들이 이쪽 일에 뛰어들기는 하지만 모두 중간에 나가버려 막내 생활을 5년 이상 하는 것도 이상한 일이 아니었다.

건우가 매니저를 챙기러 사라지는 것을 본 지윤은 살짝 웃으면서 입술을 매만졌다. 멜로 영화뿐만 아니라 드라마도 경험이 있어서 키스신 같은 것은 대수로운 일이 아니었지만 이번에는 달랐다.

'나도 참… 나이 차이가 얼마나 나는데.'

내년에 서른이었다. 배역에 푹 빠져서 두근거림을 느꼈고 그것이 지금까지 진정되지 않고 있었다. 드라마를 생각해 보면 잘된 일이었지만 개인적으로는 힘든 일이었다. 드라마를 촬영하면서 남녀 주인공이 서로 사귀거나 하는 일은 종종 있었지만 지윤은 건우를 처음 본 순간부터 느꼈다.

자신의 사람이 될 수 없다는 것을 말이다. 그녀답지 않게 자신이 감당할 수 있는 남자가 아니라고 생각해 버리고 말았다. 아마 그것은 그녀의 절친한 후배인 진희도 티는 내고 있지 않지만 마찬가지일 것이다.

'너무 잘난 게 문제야. 얼굴도 사기적으로 잘생기고, 인성도 좋아, 연기도 잘해, 효도도 잘하고. 참……'

최근 논란 때문에 안티가 많아졌기는 하지만 배우들 사이에서는 이미 사기 캐릭터라고 소문이 나 있었다. 다른 이들도 시간이 지나면 건우의 진면목을 다시 알아줄 것이다.

'그러고 보니 이미 방송되었겠네.'

마스크 싱어를 언급하는 것은 촬영장에서 금기였다. 논란이 조금 있었을 때는 상관없었지만 지금은 달랐다. 건우를 배려하는 차원에서 언급하지 않기로 암묵적으로 동의한 것이다.

최민성 PD도 오늘이 마스크 싱어 방영일인 것을 알고 있었다. 지윤 옆에서 햄버거를 들면서 입을 떼었다.

"후, 건우도 힘들겠어. 더 힘들어질지도 모르겠네."

"그러게요, 감독님. 가끔 사람들이 너무하다 싶을 때가 있어요."

"어쩔 수 있겠어? 대중의 관심을 먹고 사니 어느 정도는 감수해야지. 뭐, 건우가 그래도 의젓하게 잘 버티니 안심이 되네. 이 논란도 조금 있으면 가라앉겠지."

"아마 우리 드라마가 방영되면 모두 건우의 팬이 될 걸요."

지윤의 말에 최민성 PD가 웃었다. 그도 그렇게 생각하고 있었다. 방영되기만 하면 대박이었다. 경쟁작 따위는 이미 눈에도 들어오지 않았다. 그런 자신감이 있었다.

지윤은 스마트폰을 꺼내기 위해 매니저를 찾았다. 건우도 자리에 없으니 도대체 그 황금태양이 누구인지 확인하기 위해서였다.

'누굴까? 진짜 궁금하긴 하네.'

지윤이 매니저에게 맡겨놓은 스마트폰을 꺼내는 순간이었다. 햄버거를 먹으려던 최민성 PD가 핸드폰을 들었다.

"응? 이제 끝났어. 뭐라고? 무슨 난리가 나? 골목길까지 가득 찼다니… 야, 잘 좀 설명해 봐."

다음 촬영 장소에 먼저 가 있는 스태프에게 연락이 온 모양이었다. 지윤은 또 촬영이 지연되려나 싶어 고개를 설레 젓고는 다시 스마트폰을 바라보았다.

'어?'

바로 다이버에 들어갔다. 실시간 검색어를 본 지윤이 고개를 갸웃했다.

실시간 검색어

1. 이건우
2. 황금태양
3. 마스크 싱어 가왕
4. 황금태양 이건우

지윤의 눈이 커졌다. 건우의 이름이 실시간 1위였다. 마스크 싱어는 대단한 시청률을 자랑하는 만큼 방영날에는 꼭 실시간 순위 차트를 점령하곤 했다. 설마 하는 마음으로 이건우를 검색해보았다.

<충격적인 결과, 황금태양 이건우>
<소름끼치는 반전, 이건우 대한민국을 속이다>
<이건우, 그의 성숙한 인내법>

지윤이 그대로 굳어버렸다.

우호적인 기사밖에 없었다. 그야말로 광속과도 같은 태세 전환이었다. 떨리는 손으로 기사를 눌러보니 건우가 황금태양 가면을 들고 웃고 있는 사진이 보였다. 그의 우월한 기럭지와 미모는 사진으로 봐도 자체 발광이었다.

"꺄악! 미쳤어!"

지윤이 비명을 질렀다. 그러자 주변에 있던 스태프들이 움찔거렸다. 지윤이 흥분하며 조명 감독과 장비팀 스태프들에게 스마트폰을 보여주었다.

"헐, 대박."

"억?!"

모두 저마다 놀라며 꺼놓은 스마트폰을 꺼냈다. 촬영장에서 핸드폰을 꺼놓는 것은 기본적인 일이었다. 지윤은 빠르게 영상을 검색해서 보았다. 동영상으로 전부 나오지는 않았지만 황금태양의 정체가 밝혀지는 장면은 짧게 편집되어 다이버 in TV에 올라와 있었다.

[마스크 싱어]황금태양의 정체는? 배우 이건우!

재생수: 17,232

#황금태양 #이건우

댓글 7,231

앙맘: 인간문화재로 지정하자.

거누거능: 난 처음부터 지금까지 갓건우 찬양했다.

신촌감자탕: 이해모 놈들 다 어디 갔냐ㅋㅋㅋ?

갓신: 진짜 신이다. 다 가졌어.

래맘: 그래서 건우주신이라 불림.

—RE: 도마도: ㅇㅈ, 독보적인 유일신이다.

—RE: 찬양해갓건우: 님들, 종교 창설합니다. 건우주신을
믿으세요.

방금 올라온 영상임에도 댓글이 엄청나게 많이 달려 있었
다. 지윤은 멍하니 영상과 댓글을 바라보다가 정신을 차렸다.
아무 말도 안 해준 건우에게 서운하면서도 기쁨과 안도, 그리
고 감동이 교차해 눈물이 핑 돌았다.

전화를 받고 온 최민성 PD가 입가에 가득 웃음을 머금고
있었다. 현재 이건우가 대학로에서 조금 떨어진 곳에 뜬다는
사실을 알고 몰려온 인파가 아주 가득하다고 했다. 마스크 싱
어의 여파였다. 기자들도 보인다고 한다. SNS로 실시간으로
장소가 공유되어 사람이 계속해서 몰리고 있었다. 촬영이 지
연될 것은 뻔했지만 최민성 PD는 웃을 수밖에 없었다.

드라마 방영을 앞두고 호재도 이런 호재가 없었다. 최민성
PD가 주위를 두리번거렸다. 건우를 찾기 위해서였다.

"우리 건우, 어디 있어?"

"아, 그… 저기……."

FD가 건우가 있는 방향을 가리켰다. 건우는 햄버거를 먹으

며 나온 쓰레기를 직접 분리수거하고 있었다. 마치 무슨 일이 있었냐는 듯 평소와 똑같았다. 그는 당연히 해야 하는 것 이상으로 더 주변 사람들을 배려하고 챙겨주었다.

건우 덕분에 촬영장 분위기가 좋은 부분도 있었다.

지윤과 최민성 PD는 물론 주위에 있는 모든 스태프의 시선이 건우에게 향했다.

"왜요?"

건우는 그 시선에 멋쩍게 웃을 뿐이었다. 건우의 미소는 해맑았다.

*   *   *

소라만@sorrai 30분 전.

건우 님 강림하시는 거 기다리는 중. 정말 참느라 고생 많았어요. 건우 님! 정의는 승리한다!

[사진 첨부: 브이 하는 건우 님.jpg]

김이준@kimyij

정의는 승리한다. 이 말은 이럴 때 하는 말인 듯. 류웨이 어쩌냐ㅋㅋㅋ.

[사진 첨부: 따봉 이건우 짤방.gif]

리온@leeon

내가 그랬잖아! 맞다고ㅋㅋㅋ. 답답해 죽을 뻔했다.

정의 구현! 나 욕한 놈들 고소 들어갑니다. ㅅㄱㅇ.

[사진 첨부: 건우 후배님과 함께.jpg]

SNS는 난리가 났다. 마스크 싱어의 시청률은 32.3%로 MBN 예능의 역대 최고 시청률 순위를 갈아치웠다. 그만큼 많은 이들이 이번 마스크 싱어를 주목하고 있었다는 이야기였다. 마스크 싱어를 지켜본 이들이 모두 충격을 받는 것은 당연했다.

건우를 비방하던 이들은 종적을 감추었고 건우에게 피해가 갈까 봐 숨죽이고 있던 건우의 팬들이 쏟아져 나왔다.

대표적 안티 카페인 '이해모'는 YS가 돈을 먹여 만든, 조작된 사실이라고 말했지만 누구도 그들의 편이 되어 주지 않았다. 오히려 순식간에 조롱의 대상이 되어버렸다. 건우를 비난하던 사람들까지 건우를 찬양하기 시작했다. 건우를 비방한 황금태양의 팬들은 정중하게 사과문을 썼고 그러한 사과 행렬은 지금도 진행 중이었다.

그런 찬양 속에서 그동안 건우를 괴롭혔던 이들에 대한 응징이 시작되었다. 특히 류웨이는 악질적으로 건우를 계속 저

격해 기사에도 나고 인지도를 올리며 재미를 보았다.

정의는 승리한다. 라는 문구는 류웨이가 건우를 저격할 때 쓴 멘트였는데, 이제는 류웨이를 비꼬고 건우를 찬양하는 데 쓰이고 있었다.

류웨이는 바로 사과문을 올렸지만 그것이 또 역효과가 났다. 사과가 없는 사과문이었기 때문이다.

[대륙남자 류웨이]
저를 속일 만큼 대단한 실력이었습니다.

인정할 수밖에 없겠네요. 정말 대단하십니다. 제 가요계 후배인 것이 자랑스럽네요.

앞으로 더 잘되길 바라겠습니다!

댓글 4,231

이진성: ㅋㅋㅋ쿨한 척하지 마라, 새끼야. 뒤지기 싫으면 나대지 마라.

—RE: 대륙남자 류웨이: 고소하겠습니다.

—RE: 이진성: ㄴ.

이민섭: 쓴 글 다 캡처해서 박제해 놨습니다. 이제 와서 지워도 소용없네요.

박용서: ㅋㅋㅋㅋ사과 없는 거 보소ㅋㅋ. 연기도 좆망, 노래

도 좆망ㅋㅋㅋ. 누가 누구보고 후배래? 니가 배우냐ㅋㅋㅋ? 배우병 걸린 관심종자가ㅋㅋㅋ. 그러다 개처맞는다.

　—RE: 대륙남자 류웨이: 고소하겠습니다.

　—RE: 박용서: ㅂㄷㅂㄷ 떨지 말고 해봐ㅋㅋ, 응? 뭐라고? 정의 구현한다고? 응?

　류웨이는 사과 없는 사과문을 올린 지 얼마 지나지 않아 SNS 계정을 탈퇴했다. 그가 했던 발언들은 박제되어 유머 사이트에 떠돌았고 리온과 설전을 벌였던 내용이 다시 주목받았다. 리온은 귀가 트인 가수로서 인정받아 가고 있었다. 류웨이의 말에 몇 마디 거든 이진국에게도 불똥이 튀었다. 이진국이 한 말들이 대형 커뮤니티 사이트에 올라오며 광역 폭격을 맞고 있었다.

　거기서 진정이 되지 않고 건우가 촬영차 대학로 쪽으로 온다는 소문이 퍼지자 건우의 팬들은 물론 황금태양을 보며 마음의 위로와 즐거운 감동을 얻었던 이들도 몰려나오기 시작했다. 마침 토요일 저녁이었고 날씨는 끝내주게 좋았다. 대학로에서 조금 떨어진 외곽 지역이라 촬영 통제는 원활할 것으로 예상했지만 전혀 그렇지 않았다.

　미리 와서 현장을 정리하고 있던 스태프들이 당황하며 몰려들기 시작한 인파들을 바라보았다. 장비팀 차량이 도착했지만 촬영 장비들을 도저히 꺼낼 수 없었다.

"여기에서 촬영하는 거 맞아요?"

"언제 와요?"

"조금만 뒤로 물러나 주세요! 여기까지 오시면 안 됩니다!"

통제가 전혀 되지 않았다. 본래는 인파가 없고 그 뒤는 여러 작은 집이 겹쳐 있어 복잡한 느낌이 나는 곳이었다. 그러나 얼마 전에 예술가들이 담벼락이나 바닥에 그림을 그려주었고 깔끔하게 페인트칠을 해주었기에 꽤 낭만적으로 보였다. 여주인공이 사는 곳, 극중 건우와 하룻밤을 보내는 자취방이 있는 곳이었다. 물론 실내 촬영은 이곳에서 하지 않았다.

"황금태양이 온다고?"

"이건우래요."

"어머, 배우가 참 대단하네."

벽돌집에 살고 있는 주민들도 모두 나와 지켜보기 시작했다. 보통 이럴 경우에는 시끄럽다고 항의가 들어와 스태프들이 직접 찾아가 양해를 구해야 했지만 이번에는 달랐다. 모두 흥미롭게 구경하고 있었기 때문이다.

시간이 지나고 건우가 탄 차량이 등장하자 환호 소리가 울려 퍼졌다.

*   *   *

당연하게도 촬영은 지연되었고 현장 상황을 보니 도저히 진행할 수 없는 상황이라 취소하는 쪽으로 의견이 기울었다. 당장 그렇게 급한 신은 아니었다.

건우가 직접 최민성 PD를 비롯한 스태프, 그리고 배우들에게 사과를 했는데, 모두 손사래를 치며 건우를 탓하지 않았다. 오히려 건우에게 이것저것 물으며 즐거워했다. 특히 최민성 PD는 입이 찢어지려 했다.

"캬아, 우리 건우가 한 건 해줬네. 홍보 안 해도 대박 나겠는걸. 고생 많았다, 건우야."

본래 드라마 시작 전에 예능이라도 출연하고는 했지만 논란의 중심에 있어서 출연을 자제해 왔던 것이다. 작품에 자신이 있긴 하지만 살짝 걱정을 한 건 사실이었다. 그러나 일이 이렇게 되어버렸다. 지윤과 동진은 드라마 방영 후 예능에 출연할 스케줄이 있기는 했다.

지윤은 퉁명스러운 표정을 지었다. 그러면서도 건우를 볼 때면 얼굴이 풀어졌다.

"나한테는 귀띔해 주지 그랬어."

"미안해요. 절대 말하지 않기로 약속해서요."

"아니야. 고생했어. 그래, 약속은 지켜야지!"

지윤은 건우의 어깨를 토닥여 주었다. 지윤은 자상한 면도 많았다. 건우와 나이 차가 꽤 나기에 동생처럼 챙겨주었다. 진희가 여동생처럼 느껴진다면 지윤은 누나처럼 느껴졌다. 건우는 포근함을 느꼈다. 건우의 눈꼬리가 휘어졌다.

건우의 핸드폰에서 불이 났다. 전화가 너무 많이 와 전화는 받지 않았다. 그러니 모두 문자나 톡으로 말을 남겼다.

—석준: 고생 많았다. 이제 꽃길만 걷자. 내일 네 공식 SNS 계정 열 거야. 회사에서 관리할 거니 걱정하지 마라.

—진희 누나: 야, 너무한다! 으아, 전화 받아라. 빨리 받아랏! 안 받냐! 죽는다.

—이선 작가님: 건우 씨~ 고마워요~ 좋은 소재가 떠올랐어요! 다음 촬영 때 제가 갈게요.

—리온: 후배님, 저는 믿고 있었습니다. ㅠㅠ 크흑······.

—동진 선배: 아, 나도 끝까지 남아 있을걸. 너 임마, 그러기냐. 내가 네 걱정을 얼마나 했는데··· 술이나 사라.

가까운 지인들뿐만 아니라 생전 처음 보는 사람들에게서도 문자가 왔다. 건우의 개인 번호는 알려지지 않았는데 어떻게 알았는지 문자가 가득했다.

이번에 일방적으로 CF 캐스팅을 취소한 업체에서 장문에 사과 문자를 보내왔다. 더 좋은 조건으로 정식 계약하자는 의

견도 첨부되어 있었다. 예능 섭외도 마찬가지였다. 개인 번호로 연락이 온 것을 보면 어지간히 급했던 모양이다.

'간사하네.'

물론 건우는 그런 문자들은 바로 지우고 스팸 등록을 했다. 신의를 저버린 곳은 거르는 것이 좋았다. 한번 무너진 신뢰는 결코 예전처럼 회복될 수 없다. 그에 비해 한참 논란이 있을 때 곁에 있어준 이들이 너무 고마웠다.

"오늘은 여기서 철수! 모두 수고하셨습니다! 하하! 추가 촬영이 있겠지만 좀 더 힘내봅시다!"

최민성 PD가 그렇게 외쳤다.

촬영은 철수에 들어갔지만 건우는 그래도 사람들이 몰려온 현장에 가보는 것이 좋을 것 같았다. 최민성 PD에게 말하니 잠시 고민하다가 고개를 끄덕였다. 어차피 오늘은 더 이상 촬영을 할 수 없었다. 부족한 부분은 다음 촬영 스케줄에 넣어도 괜찮았다. 게다가 어차피 최민성 PD는 현장에 들러야 했다.

건우는 대학로 근방으로 이동했다. 예상보다 많은 사람들이 몰려와 있었다. 동네 주민들도 나와서 구경 중이었다. 건우와 지윤이 나란히 등장하자 환호 소리가 들렸다.

마치 무슨 팬미팅 현장 같은 분위기가 풍겼다. 플래카드까지 들고 와 흔드는 팬들도 있었다.

"와! 이건우!"

"황금태양이다!"

"잘생겼어요!"

현장 통제를 맡은 스태프들도 있고 해서 문제될 것은 크게 없었다. 모두 스마트폰을 치켜들고 건우를 실시간으로 촬영하고 있었다. 그들 중에는 SNS를 통해 방송을 하는 이들도 있었다. 건우는 가로등의 은은한 불빛 아래 속에서도 빛나고 있었다.

건우는 마냥 좋지만은 않았다.

이러한 관심과 인기가 기분이 좋았지만 한편으로는 언제 사라져도 이상하지 않을 구름 또는 거품 같은 것이라 생각했다. 적당히 즐기되, 너무 취하지 않으면 되는 것이다. 언젠가는 사라질 것이라 생각하고 늘 한결같이 행동해야 했다.

건우는 은은한 미소를 지으며 입을 떼었다.

"감사합니다. 모두 안전 주의하시고… 어떻게 이렇게 다 모이셨어요?"

워낙 시끌벅적했고 마이크 같은 장비가 없기 때문에 목소리가 작아서 들리지 않는 것이 정상이었다. 그러나 건우가 내공을 담아 말하자 주변인들의 귓가에 또렷하게 들렸다. 건우의 목소리에는 다정함이 담겨 있었다. 분명히 주말을 위로해 주었던 황금태양의 느낌이 났다.

"목소리 장난 아니야."

"와……."

"미쳤다."

건우에 대해 관심이 없던 사람들도 건우의 실물에 놀라고 목소리에 매료되어 팬이 되어버렸다.

"이건우! 이건우!"

"건우주신 멋지다!"

"형 사랑해요!"

격한 목소리가 들려왔다.

"그리고 '별을 그리워하는 용'도 많이 사랑해 주세요. 다음 주 수요일 저녁 10시! TGN에서 방영됩니다. 언제라고요?"

"수요일 저녁 10시!"

"어디서?"

"TGN!"

건우는 마치 팬을 조련하는 것 같았다. 건우가 잘했다는 듯 엄지를 치켜들자 비명과 같은 환호가 터져 나왔다. 조금 오버한 것 같은 분위기였지만 그래도 보기는 좋았다. 최민성 PD는 멀찍이서 흐뭇하게 그 광경을 지켜보았다. 대한민국에서 가장 뜨거운 감자인 이건우에 대한 관심이 '별을 그리워하는 용'으로 이어질 것이 자명했기 때문이다. 건우 옆에서 지켜보던 지윤이 건우를 바라보며 입을 떼었다.

"건우야, 너 이러다 국회로 가는 거 아냐? 유세 현장 같아."

"그래요?"

"히히, 너 예능 섭외하려고 난리 나겠네. 우리랑 같이 나갈래?"

"음… 스케줄 보고 검토해 볼게요."

건우는 대외적으로 예능에는 출연 안 한다는 입장이었다. 그러나 마스크 싱어에 나가서 그런 화려한 짓을 저지른 성과가 있으니 섭외가 물밀듯이 들어올 것이다. 드라마 홍보도 있으니 첫 회가 방영되고 나면 예의상 한 번은 나가줘야 했다.

건우와 지윤은 마치 시상식에라도 온 것처럼 그 자리에 서서 수많은 핸드폰을 향해 포즈를 잡았다. 그 모습이 대단히 자연스러웠다. 지윤은 이런 소통을 하는 것이 즐거운지 미소가 가득했다. 지윤의 그 미소가 건우와 무척이나 어울려 달달한 분위기를 연출했다.

"가보겠습니다. 다들 조심히 들어가세요."

건우의 말에 모두가 아쉬워했다. 너무 오래 머물러 있는 것은 민폐였다. 빨리 상황을 정리하고 돌아가 주는 것이 주변 주민들에게 더 이상 폐를 끼치지 않는 일이었다.

막 돌아가려는 때 다섯 살쯤 되어 보이는 꼬마가 색종이로 접은 가면을 들고 뛰어왔다.

"가면 어디 있어요? 잃어버렸어요?"

"미안, 집에 놔두고 왔네."

"나도 가면 있어요."

꼬마가 건우를 신기하게 올려다보다가 그렇게 말하고는 허겁지겁 뛰어온 부모님에게 안겼다.

건우는 몰랐지만 황금태양은 어린아이들 사이에서도 인기가 있었다. 가면을 만들어 노는 아이들도 상당히 많았다. 건우가 어렸을 적에 전대물이나 히어로 만화를 보고 흉내 내며 놀았던 것과 비슷했다.

건우와 지윤은 팬들에게 한 번 더 인사를 해주고 빠져나왔다. 마치 유세 현장을 보는 것 같은 건우의 동영상이 화제가 되는 것은 당연했다. 팬들 사이에서 갓건우나 건우신, 또는 건우주신으로 불려왔던 건우를 이제는 대부분의 사람들이 그렇게 부르기 시작했다.

논란을 단번에 붕괴시킨 진정한 신의 탄생이었다.

9. 별을 그리워하는 용

건우는 현재 연일 화제의 중심이었다. 연예계 소식을 전하는 뉴스뿐만 아니라 일반 뉴스에서도 비중 있게 다뤘고 알 만한 대학교의 교수가 나와 건우를 맹목적으로 비난했던 사회적 현상에 대해 설명하기까지 했다.

대형 커뮤니티에서는 더 이상 이런 마녀사냥은 안 된다는 자성의 목소리를 내었다. 서로 물고 뜯었던 대형 인터넷 커뮤니티들이 건우를 중심으로 한 목소리를 내자, 건우는 인터넷에서 평화의 시대를 연 인물로 평가받고 있었다.

물론 안티들은 꾸준하게 조작이다, 음모다라고 발언했지만 대규모 고소 절차가 들어가니 금세 와해되어 버렸다.

건우는 간만에 시간을 내어 친가로 돌아왔다. 본래라면 스케줄로 바빠 그럴 틈이 없었겠지만 논란이 있고 난 후에 기존에 있던 스케줄이 캔슬되었기에 드라마 촬영 외에는 없었다. 지금은 몰려드는 일거리를 YS에서 새롭게 조율 중이었다.

건우는 정산받은 돈으로 YS의 도움을 받아 가게 근처에 집을 구했다.

어머니가 월세로 살던 집은 아무리 깨끗하게 써도 위생에 한계가 있었고 주변 환경도 좋지 않아 늘 마음에 걸렸었다.

새로 구한 집은 월세로 살던 집에 비하면 하늘과 땅 차이였다.

새집은 신축은 아니었지만 아파트였다.

넉넉한 방 세 칸에 화장실도 두 개였다. 건우의 드라마 출연료, 음원 수익 정산금, CF 출연료를 포함한 모든 것을 긁어모아 투자했고, 돈도 조금 빌렸다. 본래는 대출을 받으려 했지만 석준이 대신 빌려주었다.

건우의 어머니는 웃음이 가득했다.

가게를 그만두라고 했지만 어머니는 소소한 일거리라며 가게를 계속하기로 했다.

건우는 어머니와 함께 이삿짐을 싸고 있었다. 워낙 낡은 가구들이 많아 버릴 건 버리고, 챙길 건 챙기고 있는 중이었다.

가구나 가전제품 같은 경우에는 아예 싹 다 새로 맞추기로 마음먹었다. 처음 가전제품을 구매할 때도 중고로 샀기에, 낡아도 너무 낡았기 때문이었다.

"어머니, 좋으세요?"

"그럼. 아들 덕에 좋은 집으로 이사 가고 좋네."

"이제 그냥 쉬시면 좋을 텐데."

"쉬긴 뭘 쉬니. 오는 손님한테 아들 자랑 좀 해야지."

건우는 너무 좋아하시는 어머니를 보니 마음이 따뜻해졌다. 이삿짐을 싸다 보니 추억이 담긴 물건들이 꽤 많이 나왔다. 몇 년 동안 보지 않았던 사진 앨범도 있었다.

'가난했지만… 남부럽지 않게 키우려고 많이 노력하셨지.'

장난감들을 사달라고 졸랐던 기억이 났다. 어머니는 혼내시면서도 며칠 뒤에 장난감을 들고 오셨다. 지금 와서 생각해 보면 장난감 하나를 사기 위해 얼마나 고민하고 힘들어하셨을지 알 것 같았다.

희생이라는 것은 어쩌면 사랑보다 더 숭고한 단어일지도 몰랐다.

"요즘 별일 없으시죠?"

"안 그래도 밥버러지 같은 놈들 다 쫓아냈다. 해명하라고 막 시위했던 놈들도 이제는 안 오더구나."

논란이 있었을 때 마음고생이 심했던 건우의 어머니였다.

그리고 이제 건우가 소위 말하는 대세 스타가 되고 나니, 주위에서 돈을 빌려달라거나 친척이라고 찾아오는 이들이 꽤 있는 모양이었다.

그러나 세월의 풍파를 온몸으로 견뎌온 건우의 어머니는 건우가 생각하는 것 이상으로 강했다.

'가게도 리모델링해야지.'

건우는 어머니께서 가게를 계속한다고 하시니 기왕이면 좋은 환경에서 장사하실 수 있도록 리모델링도 해드릴 생각이었다.

건물주와 상의해 비어 있는 옆 창고를 개조해서 확장하는 것도 좋을 것 같았다.

"사귀는 처자는 있니?"

"아뇨."

"나는 김진희가 좋더라. 얼마나 예쁜데. 음, 전지윤도 괜찮고. 뭔가 묘한 분위기가 있으면 빨리 낚아채."

"…어디 가서 그런 말 하시면 큰일 나요."

건우의 말에 어머니는 피식 웃었다.

이삿짐센터의 사람들이 도착해서 짐을 옮겼다.

건우를 알아본 직원들이 같이 사진을 찍고 사인을 받아가는 등의 해프닝이 있었는데, 건우의 어머니가 그것을 흐뭇하게 바라보았다. 특히, 이삿짐센터에서 잠시 알바로 온 학생들의 반응이 장난이 아니었다.

건우신, 건우주신거리니 건우의 어머니가 고개를 갸웃했다.

"네가 신이니?"

"뭐… 좋은 말이긴 하잖아요."

"난 그럼 신의 엄마네."

대놓고 좋아하는 건우의 어머니였다.

해가 질 즈음에 새로운 집에 도착했다. 가게와 가까운 곳에 있고 역도 가까워 위치는 정말 최고였다.

비싼 값어치를 했다.

예전 집에서는 가게까지 상당히 긴 시간을 걸어가야 해서 불편했는데, 이제는 넉넉하게 걸어도 10분이면 도착했다.

"넓어서 좋네. 깨끗하고 좋아."

연신 좋다고 말하시면서 웃는 어머니를 보니 건우도 절로 미소가 지어졌다.

건우의 어머니는 전에 집을 몇 번이고 둘러봤음에도 건우와 같이 또 집을 둘러보았다.

석준의 놀라운 안목으로 선별한 집이라 그런지 모든 면에서 좋았다. YS 대표가 직접 그런 일을 하기에는 품위가 상할지는 몰라도 건우의 일이라면 석준이 매니저처럼 무조건 직접 나섰다.

"어머, 풍경 좀 봐. 좋네. 시내가 다 보여."

"야경도 좋겠는데요? 아, 잠시만요."

지윤에게 전화가 왔다.

—오늘 이사 갔다며! 부르지 그랬어. 도와줬을 텐데.

"말이라도 고맙네요."

—들켰네, 아무튼! 내가 냉장고 살 테니까 사지 마! 약속한 건 지켜야지. 주소만 불러줘.

"고마워요."

건우는 지윤과 꽤 통화를 길게 했다. 건우가 어머니 대신 해야 할 것들을 이것저것 챙겨주니 고마웠다.

—그럼, 건우야, 잘 자구 내일 보자!

그 후에 리온과 승엽, 그리고 동진에게까지 연락이 왔다. 진희와 리온, 그리고 동진도 선물을 해주겠다고 아우성이었다. 특히 리온은 아예 살림살이를 다 장만해 줄 기세였다. 건우는 정중하게 거절했다.

거의 사정하다시피 매달려서 TV 하나만 받기로 합의를 봤다. 어쨌든 이제 좋은 선배라 부를 수 있는 리온이니 마냥 거절할 수만은 없었다.

리온도 건우가 힘들 때 최전선에서 싸워주었다. 이제는 친구라 불러도 무방했다.

승엽은 그냥 간단히 어머니 안부를 묻고 내일 스케줄에 대해 이야기했다.

승엽과 건우 사이에는 별다른 말이 필요 없었다.

"아! 떡 돌려야지."

떡을 사온 건우였다. 어쨌든 유명한 배우인 자신의 어머니가 사는 집이니 이런저런 사건 사고가 많을 수도 있었다. 본의 아니게 민폐를 끼칠 수도 있으니 양해를 부탁하는 의미에서 직접 떡을 돌리기로 한 것이다. 가게도 한 때 기자를 포함한 사람들이 많이 몰려와 곤욕을 치렀던 경험이 있었으니 말이다.

"떡 좀 돌리고 올게요. 청소 먼저 하지 마시고 같이해요."

"그래."

건우는 떡을 챙기고 복도로 나왔다. 맞은편에 있는 현관의 벨을 눌렀다.

―누구세요?

"옆집에 이사 와서요. 떡 좀 가져왔습니다."

―아… 집에 아무도 안 계시는데…….

"그럼 앞에 두고 갈게요. 1204호예요. 잘 부탁드립니다."

건우는 떡이 든 상자를 현관 앞에 내려놓았다. 요즘 트렌드에 맞게 선물 상자로 잘 포장된 떡이었다.

기분 나쁘거나 하지 않았다. 여학생 혼자 있다 보니 조심하는 것이 이해되었다. 얼마 전에 아파트 강도 때문에 뉴스에도 나오고 그랬으니 당연한 일이었다. 조심해서 나쁠 것은 없으니 말이다.

건우가 뒤로 물러날 때 문이 살짝 열렸다.

안전장치가 채워져 있었는데 작은 틈 사이로 건우와 학생의 눈이 마주쳤다.

"안녕하세요?"

"……"

학생의 입에 떡 벌어졌다. 눈을 깜빡이다가 두 눈을 비비고 다시 건우를 바라보았다.

"꺄아아악!"

비명을 지르더니 문이 닫혔다.

건우도 살짝 놀라 닫힌 문을 바라보았다. 문 너머로 무언가 부딪히는 소리와 시끄러운 비명 소리가 들렸다. 잠시 뒤 문이 열렸다.

거친 숨소리를 뱉으며 덜덜 떨리는 손으로 스마트폰을 들고 있었다.

"이, 이건우 마, 맞죠?"

"네."

"정말, 정말요? 진짜로?"

건우는 아직도 얼떨떨해 보이는 모습에 살짝 웃음을 머금었다. 그가 예상했던 반응보다 더 격했다. 고등학생 정도로 보였는데, 분식집에 자주 오던 아이들이 생각났다.

건우가 떡이 든 상자를 건네자 멍하니 건우를 바라보다가 덜덜 떨리는 손으로 핸드폰을 내밀었다.

"사, 사, 사진……."

"네, 같이 찍어요."

"패, 팬이에요. 다, 달빛 호수도 다 봤구요. 노, 노래도 다 있어요."

"고마워요."

조금 이야기를 나누니 진정이 된 것 같았다.

학생이 떡 상자를 소중한 보물인 것처럼 품에 안고 카메라를 들었다.

나름 자신 있는 셀카 포즈가 있는 듯 해보였다. 건우는 그냥 카메라를 바라보았다. 별다른 포즈가 필요 없었다.

학생이 후다닥 큰 브로마이드를 가져왔다. 달빛 호수 때의 건우의 모습이 찍힌 브로마이드였다.

팬미팅 때 뿌린 것을 제외하고는 물량이 없었는데 어떻게든 구한 모양이었다.

"저 분식집도 자주 가요. 친구들 다 데리고 갈게요!"

"고마워요."

학생은 건우에게서 시선을 떼지 못했다. 건우의 실물 목격담은 워낙 유명했는데, 그것이 100% 진실임을 절실하게 깨닫고 있었다. 방금 전 찍은 사진을 보니, 자신과 비교가 너무 확

되었다. 그야말로 성별을 초월한 오징어 폭격기였다. 잔뜩 아쉬워하는 여학생을 뒤로하고 모든 집에 떡을 돌렸다. 건우를 몰라보는 사람도 있었는데 소수일 뿐이었다.

건우를 모르는 이들조차 황금태양은 알고 있었기 때문이었다.

마치 로또를 맞은 것처럼 좋아하는 이웃들을 보니 건우도 기뻤다. 다행히 나쁘게 생각하는 이웃은 없었다.

집에 돌아오니 건우의 어머니가 먼저 청소를 시작하고 있었다. 건우도 팔을 걷어붙이고 돕기 시작했다.

"먼저 시작하지 마시라니깐… 청소 끝나고 쇼핑이나 갈까요? 가구도 봐야 하니……"

"그럼. 좋지. 괜찮겠니? 너무 무리하는 것 같구나."

"저 돈 많아요. 걱정하지 마세요."

오랜만에 맞이하는 휴일이었지만 건우는 이게 진짜 휴일이라 생각했다. 마음을 따듯하고 평온하게 만드는 진짜 휴일이었다.

* * *

'별을 그리워하는 용'의 방영일이 다가왔다. 처음에는 건우가 출연한다는 이유로 보이콧 운동까지 펼쳐졌었지만 황금태양의 정체가 공개된 순간 모든 상황이 반전되었다.

YS에서 일사불란하게 루머를 퍼뜨린 이들과 악플을 단 이들을 고소했고 선처는 없다는 입장을 남겼다. 건우는 특히 어머니를 욕한 악플러들을 용서하지 않겠다고 공식 입장을 발표했다.

건우에 대한 사람들의 관심은 지금 최고조였다. 팬카페에 가입하는 숫자도 기하급수적으로 늘었고 소위 말하는 까임 방지 권한, 줄여서 까방권까지 부여받았다. 비난 속에서 가려졌던 건우의 인성에 대한 미담들이 폭발하며 그런 분위기는 굳혀졌다.

10시가 되어가고 드디어 첫 방송 시간이 다가왔다. 수목 드라마인 '별을 그리워하는 용'을 기다리는 사람들은 많았다. 경쟁 드라마가 홍보에 엄청난 열을 올린 것에 비해 출연 배우들이 예능에 출연해 광고를 한 것도 아니었고 일반적인 광고 정도에 그쳤을 뿐이었다. 그러나 관심이 뜨거운 것은 말할 필요도 없었다.

미국에서 온 안나도 그중 하나였다. 그녀는 미튜브에서 주로 케이팝 리액션 비디오를 찍었는데, 출중한 외모와 입담 덕분에 80만이 넘는 구독자를 자랑하고 있었다. 소수의 매니아만 좋아하는 장르라고 비하하는 이들도 있지만 그런 매니아층이 생긴다는 것 자체가 대단한 것이었다. 애초에 한국이라는 나라가 어디에 붙어 있는지도 모르는 이들도 많았다.

게다가 그렇게 소수도 아니었다. 케이팝 아이돌 그룹이 빌보드 차트에도 오르내리고 할 정도니 말이다. 10년 전만 하더라도 상상도 할 수 없었던 일이었다.

리액션 비디오라는 것은 별다른 내용이 없었다. 그저 어떤 영상을 보고 자신이 반응하는 것을 찍어 올리는 것이었다. 그런데 그게 또 하나의 문화로 자리 잡을 만큼 인기가 있었다. 먹방과 비슷했는데, 안나와 같이 리액션 비디오만을 전문적으로 찍는 미튜버들이 많이 생겨나고 있었다. 처음에는 그저 팬심으로 했다가 의외로 수입이 많아져 전문 직업으로 삼는 이들도 많았다. 안나도 그중 한명이었다.

안나는 이번에 서울에서 열린 케이팝 페스티벌을 직관하기 위해 왔는데, 돌아가지 않고 꽤나 길게 눌러앉아 있었다.

그녀는 마스크 싱어, 황금태양의 리액션 비디오로 한국에서도 꽤 알려져 있었다. 워낙 핫한 주제이니 그럴 수밖에 없었다.

황금태양은 그녀가 가장 좋아하는 가수 중 하나가 되었다. 언어가 달랐지만 무언가 그의 노래를 들으면 무슨 이야기를 하는지 마음으로 이해가 되었다. 그렇기에 감동할 수밖에 없었다.

그 황금태양이 이건우라는 배우인 것을 알았을 때는 신세계를 경험했다. 한때 서양권에서 CG논란이 있던 배우였기 때문이다. 처음에는 안나 본인도 의구심이 들기는 했었다. 물론 지금은 미튜브에 올라온 동영상들로 그런 논란이 사라지고 없었다.

그녀는 자신의 영상에 달린 댓글을 확인했다. 한국어도 있었지만 대부분 영어였다.

mr kal: 황금태양은 정말 대단한 가수야. 이 정도의 감동을 주는 가수는 흔하지 않아.

simon: 동의해. 빌어먹게도 멋져. 외모도.

wazkaki: 내 동양 남자에 대한 편견을 깨뜨렸어. 머리끝부터 발끝까지 완벽해. 사람이 맞는 거야?

khann: 문제는 그가 가수가 아니라 배우라는 점이야.

ㅡRE: runa: 가수의 조건이 필요한가? 노래하면 그게 가수야. 그는 배우이면서 가수이겠지. 그것도 특별한.

cuttee: 오, 맙소사, 당장 한국에 가야겠어.

jane: 동화 속에서 나온 것 같아. 저런 남자가 실존한단 말이야? 한국은 축복받은 나라가 분명해. 물론, 모두 그와 같지는 않겠지.

그녀는 '별을 그리워하는 용'의 감상 리액션을 찍고 있었다.

그녀의 한국어 구사 능력은 초보 수준이었지만 그래도 듣는 것은 어느 정도 되었다. 지금은 아예 한국 어학당에 다닐까 고민 중이었다. 인터넷도 빨라 미튜버에게는 최고의 나라였다.

"안녕하세요! 여러분, 안나입니다. 서울에서 보내드리는 영상이에요. 오늘 제가 볼 영상은 한국에서 핫한 배우 이건우가 주연을 맡은 '별을 그리워하는 용'입니다. 이건우는 저번에 영상을 찍은 황금태양이기도 합니다. 여러분도 아시다시피 제가 정말 사랑하는 배우입니다. 아! 이제 시작하네요."

그녀는 그녀의 호텔방에서 영상을 찍고 있었다. 리액션 비디오의 묘미는 해당 영상을 미리 보지 않고 찍는 것이었다. 반응을 조작하는 이들도 있었지만 그녀는 반응이 약하더라도 정직한 것이 제일이라 생각했다.

시계가 10시를 가리키고 드디어 '별을 그리워하는 용'이 방송되기 시작했다.

오프닝부터 환상적이었다. 처음에는 거대한 산을 보여주었다. 그곳에서 하늘 위에서 추락한 뱀이 몸을 웅크리더니 사람으로 변했다. CG는 조금 어색했지만 크게 신경이 쓰이지는 않았다. 무엇보다도 CG를 압도하는 존재가 있었기 때문이었다.

건우가 몸을 일으키더니 앞으로 걸어 나갔다.

처음에는 신선과 같은 흰 옷을 걸치고 있다가 한복으로 바뀌었다. 그리고 시대가 지나갈수록 점점 옷이 바뀌기 시작했다. 배경이 산에서 멋진 기와집이 있는 중세도시로 바뀌었고, 여러 인물들의 얼굴이 스쳐 지나가며 전쟁, 그리고 마지막으로 서울의 도심을 비추었다.

짧은 오프닝이었지만 대단히 강렬했다. 대단한 장관을 보는 듯한, 그런 압도되는 느낌을 받았다. TV가 작은 사이즈임에도 불구하고 말이다.

'미쳤다!'

아직 드라마가 시작도 하지 않았는데 그런 생각이 절로 들었다.

케이팝 이외에 한국 드라마는 좋아하지 않았지만 오프닝부터 충격적이었다. 그녀의 눈빛이 돌변했다. 흥미 가득한 눈빛으로 자세를 고쳐 잡고 TV를 응시했다.

잠시 광고 후에 드라마가 시작되자 그녀는 감탄성을 연발했다.

이건우의 내레이션으로 시작되었는데 목소리가 너무 달달했다. 슬픔을 담고 있는 목소리는 마치 노랫소리 같았다.

그녀는 순식간에 빠져 들었다. 도시를 배경으로 등장한 이건우의 외모는 물론이고 눈빛, 몸짓, 그리고 목소리까지 완벽했다. 자신이 지금 영상을 찍고 있는 것도 잊어버릴 정도였다.

정말 오랜 세월을 살아온 것 같은 분위기, 그리고 그의 외로움이 그녀에게 전해졌다. 빌딩 숲에서 석양을 등지고 있는 장면은 왜인지 그녀의 눈시울을 붉게 만들었다. 그가 겪은 고독과 외로움이 그녀에게도 느껴지는 듯했다.

그러나 무거운 분위기만 있는 것이 아니었다. 여주인공이 등장한 시점부터 분위기는 유쾌해졌고 건우는 다양한 표정을 보여주었다.

"맙소사! 이건 소장해야 해!"

건우와 지윤는 대단히 잘 어울렸다. 매사에 무심하고 귀찮아하는 남자 주인공과 활발하면서도 자기주장이 강하고 자신감이 넘치는 여자 주인공의 조합은 의외로 강한 시너지를 냈다.

기존 로맨스 드라마와는 조금 다른, 여자 주인공의 망가지는 모습이 여과 없이 드러났는데, 고귀한 모습만 보이던 건우가 같이 망가지니 극의 분위기가 확 반전된 것이다.

보고 있으면 자신이 행복해졌다. 안나에게 있어 드라마를 보면서 행복하다는 감정을 느낀 것은 이번이 처음이었다. 내로라하는 미드 역시 이 정도는 아니었다.

CG는 투박했고, 소재의 참신함 외에는 다른 부분은 평범한 축에 속했지만 이 드라마에는 무언가 특별한 것이 담겨 있었다.

순식간에 시간이 지나더니 검은색 복장을 하고 있는 남자의 등장으로 1화가 끝이 났다. 시간이 멈추며 나타나는 남자의 모습은 소름을 끼치게 만들었다. 그리고 그것을 바라보는 건우의 모습은 어떤 전율을 느끼게 했다. 스토리나 CG를 다떠나서 안구가 정화되는 것 같았다.

흡사 비주얼 깡패인 배우가 나오는 영화를 보는 듯했다.

"와……."

못 알아듣는 부분이 있었지만 그런 것과는 상관없이 그녀의 표정은 놀라움으로 물들어 있었다. 처음에는 그저 영상을 뽑으려고 시청한 것에 불과했지만 순식간에 빠져버리고 말았다.

케이팝에 관심을 가지면서 한국 드라마를 본적이 있었는데, 모두 기대 이하였다. 그런데 이 작품은 아니었다.

'역시 눌러앉아야 하나?'

그녀는 그렇게 생각하면서 자신의 감상평을 쏟아냈다.

"정말 환상적인 드라마에요! 반해 버렸어요! 모두가 이 드라마를 봤으면 좋겠습니다. 케이팝 팬뿐만 아니라 일반인들도 즐겨 볼 수 있을 것 같아요! 무엇보다 이건우! 정말 사랑합니다."

그렇게 마무리하며 영상을 종료했다. 바로 편집에 들어가야 했지만 아직까지 여운에 빠져 있었다. 바로 노트북을 꺼내 이

건우에 대해 검색하기 시작했다.

달빛 호수를 보지는 않았지만 이참에 모두 보고 싶었다. 그녀는 이미 황금태양 때부터 이건우에게 입덕해 있었다. 다만 그 정도가 아주 심해졌을 뿐이다.

『톱스타 이건우』 4권에 계속…

초대형 24시 만화방

신간 100%, 샤워실, 흡연실, 수면실(침대석), 커플석, 세탁기 완비

■ 광명 광명사거리역점 ■

경기도 광명시 오리로 986 광명사거리역 6번 출구 앞 5층
02) 2625-9940 (솔목타워 5층)

■ 강북 노원역점 ■

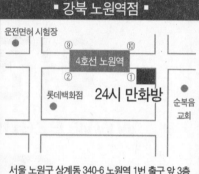

서울 노원구 상계동 340-6 노원역 1번 출구 앞 3층
02) 951-8324 (화용빌딩 3층)

■ 일산 정발산역점 ■

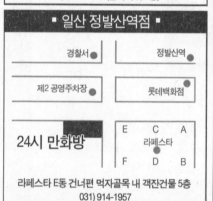

라페스타 E동 건너편 먹자골목 내 객잔건물 5층
031) 914-1957

■ 일산 화정역점 ■

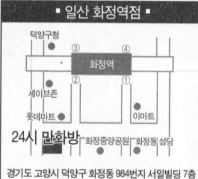

경기도 고양시 덕양구 화정동 984번지 서일빌딩 7층
031) 979-4874 (서일사우나 건물 7층)

■ 부천 역곡역점 ■

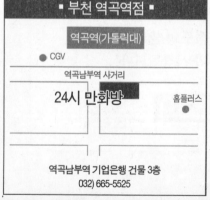

역곡남부역 기업은행 건물 3층
032) 665-5525

■ 부평역점 ■

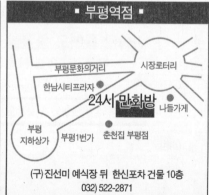

(구) 진선미 예식장 뒤 한신포차 건물 10층
032) 522-2871

FUSION FANTASTIC STORY

RPM 3000

가프 장편소설

RPM(Revolution Per Minute: 분당 회전수)!
150km/h 160km/h?
이제는 구속이 아니라 회전이다!!

여기 엄청난 빅 유닛과 환신(換身)에 성공한 사내가 있다.
그 이름, 황운비!

훈련은 *Slow and Steady*,
시합은 *Fast and Strong!*

꿈의 RPM 3000을 찍는 패스트 볼을 장착하고
메이저리그를 종횡무진 누빈다!

Book Publishing CHUNGEORAM

유행이 아닌 자유추구 -
WWW.chungeoram.com

神魔
慶文
澗揚影

천마신교
낙양지부

정보석 新무협 판타지 소설

FANTASTIC ORIENTAL HEROES

무협武俠의 무武란 무엇을 뜻하는가?
바로 자신의 협俠을 강제强制하는 힘이다.

자신을 넘어, 타인을 통해, 천하 끝까지 그 힘이 이른다면,
그것이 곧 신神의 경지.

**일개 인간이 입신入神하기 위해
필요한 것은 무엇인가?**

지금, 그 답을 찾기 위한
피월려의 서사시가 시작된다!

Book Publishing CHUNGEORAM

유쾌한 아침 지푸구구
WWW.chungeoram.com

FUSION FANTASTIC STORY 류승현 장편소설

리턴 마스터

2041년, 인류는 귀환자에 의해 멸망했다.

최후의 인류 저항군인 문주한.
그는 인류를 구하고 모든 것을 다시 되돌리기 위하여
회귀의 반지를 이용해 20년 전으로 돌아갔다. 하지만……

"어째서 다른 인간의 몸으로 돌아온 거지?"

그가 회귀한 곳은 20년 전의 자신도, 지구도 아니었다!

**다른 이의 몸으로 판타지 차원에
떨어져 버린 문주한.
그는 과연 인류를 구원할 수 있을 것인가!**

Book Publishing CHUNGEORAM

유행이 아닌 자유추구 -
WWW.chungeoram.com